新編、亞森・羅蘋

Arsène Lupin

之2 八大懸案

莫理斯・盧布朗 Maurice Leblanc 著
丁朝陽 譯

目錄
contents

序

史上最迷人的神偷大盜

朱墨菲

對所有喜愛犯罪推理的小說迷來說，書中那個擁有過人智慧、總是能一語道破案情關鍵的大偵探，無疑是全書的靈魂人物。

細數大眾耳熟能詳、鼎鼎有名的幾個大偵探，除了柯南・道爾所著《福爾摩斯探案全集》中的夏洛克・福爾摩斯；艾嘉莎・克莉斯蒂系列作品中的白羅和瑪波小姐，以及日本人氣推理動漫《名偵探柯南》外；名氣最大的莫過於法國名作家莫理斯・盧布朗所塑造出來的亞森・羅蘋這個角色了！

莫理斯・盧布朗甫一發表《亞森・羅蘋》就造成了極大的轟動，在全球掀起熱潮，百年來歷久不衰，原因就在於主角亞森・羅蘋行事風格的特立獨行，他頭腦聰慧、心思縝密、風流倜儻、家財萬貫，作風亦正亦邪，而他巧妙百變的身分更是令人目不暇給，無法捉摸，他最擅長的就是化妝術，什麼汽車司機、伯爵親王、走方郎中，這一刻，他是風度翩翩的王公貴族；下一秒，他可能成為出神入化的藝術大盜，每一次的變身都是撲朔迷離，難以預測，也許現在坐在你身邊的那個紳士，就是亞森・羅蘋呢?!正是他的多變造型，令讀者情不自禁地深陷在他的魅力之中。

羅蘋雖然行事離經叛道，但他盜亦有道，替小老百姓伸張正義，在所有的系列故事中，他真正犯案進行盜竊的只有九部！因此人們給他冠上「俠盜」、「怪盜」、「怪盜紳士」等雅號，堪稱史上最有名的世紀大盜。他的劫富濟貧，除了是因為同情下層人民的疾苦，亦是反映了當時社會貧富階級的巨大差異，與許多居上位者為富不仁、道貌岸然的醜陋面貌。

與正經八百、不苟言笑的福爾摩斯不同，流著法國浪漫血統的他，每一次的冒險總有紅粉知己相伴，不論是美國富豪之女、俄國流亡貴族、議員遺孀、女秘書、黑手黨情婦、夜總會中的舞女，每一次歷險都是一次戀愛的開始，也增添了他多情迷人的形象。

羅蘋作案手法高明，既紳士又幽默，既狡猾又機靈，無論是精彩絕倫的鬥智較勁，還是曲折離奇的懸疑情節，都讓喜愛推理小說的亞森迷大呼過癮，更難得的是他面對困境時的從容不迫，在千鈞一髮時靠冷靜思考脫離險境的技巧，每每令讀者驚嘆連連、拍案叫絕！

正因為亞森・羅蘋躍然於紙上的鮮活形象，使他不僅成為西洋偵探小說的雅盜典型，更啟發了無數名家的創作，好比我們就可以從古龍筆下的「盜帥」楚留香的身上一窺羅蘋的影子；或是從日本推理小說之父江戶川亂步創作的《怪人二十面相》、加藤一彥的《魯邦三世》和青山剛昌的《名偵探柯南》等書中找到亞森・羅蘋的原型。

當初古龍的《楚留香傳奇》小說及改編的影視紅遍華人世界之時，評論家們大多認為楚留香的人設，來自其時風靡歐美的「〇〇七」情報員龐德；其實，稍一細看，便會發現：楚留香的形象、行徑，主要是取材自亞森・羅蘋。

回顧偵探小說的創始者，首推美國的詩人兼小說家愛倫坡（Allan Poe），在他所寫的驚悚小說裡，將杜賓刻畫成一個精於辨明暗記，善於做心理分析和解剖疑難的人物，愛倫坡也被譽為「偵探推理小說之父」；而將偵探小說發揚光大的，便是英國的柯南・道爾（Conan Doyle）和法國的莫理斯・盧布朗（Maurice Leblanc）了。

盧布朗生於法國巴黎市郊的盧昂，一生共創作了二十部長篇小說和五十篇以上的短篇小說，並曾獲法國政府小說寫作勛章。他從小就立志要走文學之路，高中畢業後，父親要他接手梳毛機的工廠，但他對此毫無興趣，整日躲在廁所裡創作。之後赴巴黎遊學，也未依照父親的希望攻讀法律，卻在報社及出版社工作。一八八七年，他出版了第一本長篇小說《女人》，一九〇〇年成為一名新聞記者。

一九〇三年，盧布朗應發行雜誌《我什麼都知道》的朋友皮耶・拉飛特之邀，請他撰寫偵探小說，向來只寫純文學作品的盧布朗起先並不願意，但因拉飛特再三懇求，於是嘗試創作偵探小說，刊載的第一篇作品就是〈亞森・羅蘋被捕〉，立即造成轟動，引起廣大迴響。「怪盜亞森・羅蘋」這個人物更使他一夕成名，成為揚名全世界的作家。

至一九三四年為止，盧布朗總共寫下超過近三十部「亞森・羅蘋」的系列小說（包含短篇小說集），最知名的有《俠盜亞森・羅蘋》、《怪盜與名偵探》、《八・一・三之謎》、《虎牙》、《消失的王冠》、《水晶瓶塞》、《棺材島之謎》、《金三角》、《八大奇案》、《魔女與羅蘋》、《兩種微笑的女人》、《神探維克多》等等，其中被改編成電影或翻拍成影集的更是不勝枚舉，代表了人們至今仍對他的俠義精神與幽默童心喜好不減。

有鑑於此，本公司特別精選了「亞森・羅蘋」系列中最經典亦最具代表的五個故事以饗讀者，包括《巨盜vs.名探》、《八大懸案》、《七心紙牌》、《奇案密碼》、《怪客軼事》，不論是看過或沒看過「亞森・羅蘋」的讀者，只要翻看本系列，都可以一起徜徉在亞森・羅蘋的奇幻冒險世界裡。

一 塔頂情屍

奧丹絲．但妮略略推開了樓窗，向著下面低聲問：「羅西農，是你嗎？」牆根的灌木叢裡，發出回答的聲音：「我在這裡。」

奧丹絲憑窗外望，正和羅西農眼光相接觸。

他是一個肥胖的人，抬起那紅紅的胖臉，臉上長著小鬍子，模樣並不可愛。

他問奧丹絲：「事情怎麼樣了？」

奧丹絲說：「昨夜我和伯父伯母談判，他們都不肯在我律師交給他們的合約上簽字，也不肯把我丈夫花掉的嫁妝還給我。」

羅西農說：「你伯父該負婚約上條件的責任呀！」

她說：「他除了不答應以外，什麼都不管。」

「那麼你將如何呢？」

她含笑問：「你跟我一起走，可仍有這樣的念頭嗎？」

他說：「我決意這樣做。」

她說：「你得詳加考慮才是。」

他說：「我愛著你簡直要發狂，什麼都無法顧及了。」

她說：「不幸的是，我愛你還沒有到這種程度。」

他問：「那麼你為什麼要選中我呢？」

奧丹絲說：「碰巧呀！這裡苦悶的生活，我實在忍不住滿腹怨氣，因此決意冒險。這是我的行李……你接過去吧！」

窗口吊下一對大皮箱，羅西農接過，抱在臂中。

她又低聲叮嚀著：「你快把你的汽車開到伊夫十字路口等我，我會騎馬趕來的。」

羅西農說：「不行，我們怎能帶了你的馬同走呢？」

她說：「不用你擔心，牠是識途老馬，自己會回來的。」

他應著說：「好吧，但是……」

她問：「還有什麼呢？」

羅西農沉吟說：「三天來住在這裡的那個賴寧親王，似乎很陌生，他究竟是什麼人？」

奧丹絲說：「我伯父在朋友的遊獵會中遇見他，談得很投機，就邀他來小住；至於他的底細，我也不太清楚。」

羅西農說：「昨天你還和他騎馬出去，馳騁了好一會兒，看來你很中意他，雖然我並不屑跟這樣的一個人吃醋。」

奧丹絲說：「好了，兩小時內我就要離開這屋子，跟你一起走了；這個打擊，已經夠讓他心灰意冷了。——還有什麼話，待會兒我們在路上再慢慢說。」

她站在窗前，目送羅西農提著行李，彎著腰，在綠蔭夾道的路中慢慢消失，她也就掩上了窗子。

外面的樹林裡，獵人吹著催促的號角，接著傳來陣陣獵犬的狂吠。原來這天早晨，正是馬來市邸中開始遊獵的日子。

每年涼秋九月的第一個星期，那位大遊獵家愛格列洛伯爵和他的夫人，總會邀請幾位好友和附近的地主們共同行獵。

且說奧丹絲梳洗完畢，穿上獵裝，戴了一頂闊邊軟帽。她的身材窈窕。金髮和粉臉在帽簷下露著，更顯得楚楚動人。

接著，她坐了下來，提起筆，預備寫一封向她伯父愛格列洛伯爵告別的信。

她寫了又撕，撕了又寫，總寫不出妥善的話，最後決定作罷，自言自語地說：「等他的怒氣消了，再寫信給他！」

她站起身來，走到樓下的餐室裡。

餐室的壁爐裡，木材燒得火光熊熊，屋中既暖又亮，映著掛在牆壁上的五光十色的槍枝。跨進門來的賓客們，陸續跟伯爵握手。

這位愛格列洛伯爵是一位典型的鄉下紳士，身材魁梧，極好打獵。

他站在爐火前，一大杯陳年的白蘭地好酒握在他的手裡，向進來的客人敬酒祝福。

奧丹絲恍恍惚惚的跟伯父一吻，說：「伯父，你平日素有節制，怎麼今天這樣的痛飲呢？」

伯爵說：「一年一度，這是難得的機會。」

奧丹絲說：「你得留心伯母埋怨。」

伯爵很不高興的說：「她有點頭痛，在樓上休息，況且這跟她沒有關係。我的愛女，你也不用管我吧！」

這時一個衣服華麗的青年，走到奧丹絲的眼前，這個人就是賴寧親王。他的臉色有點白，眼光閃著又柔和又譏諷似的光輝。

他向奧丹絲彎了彎腰，吻著她的纖手，說：「親愛的夫人，你曾經答應我的話，可需要我提醒你嗎？」

她面露詫異說：「我曾答應過你什麼？」

賴寧說：「昨天你曾答應我，今天再陪我到一個很有趣的地方，叫什麼哈林格領地的。」

她立刻說：「實在很抱歉！先生，這地方好像太遠了，何況現在我也打不起精神，想到林中去騎馬緩馳一會兒，再回屋裡來。」

賴寧默然含著微笑，看著她的眼光，低聲說：「我相信你不會失信，讓我陪你一起，這是極有好處的。」

奧丹絲說：「對誰有好處？是對你吧？」

賴寧說：「就是對你也有好處呀！」

一陣暈紅在奧丹絲的臉上浮現起來，她默默地跟身邊的幾個人道歉後，就走出去。階下正有一個僕人牽著馬在等候。

她聳身上馬，直向園外的林中馳去。

早晨的林中，是一片蕭爽冷冽的空氣；樹上的枝葉微微搖動，從空隙裡，可以看得見蔚藍明淨的天空。

奧丹絲騎著馬，循著林中曲徑走了半小時，來到一個山坡和山谷交錯的地方，當中縱貫著一條大道。

奧丹絲扶鞍小立，側耳一聽，什麼聲音也沒有。她想羅西農一定駕著汽車，藏在伊夫十字路口的灌木叢中等著，這裡離路口約有五百碼。

她遲疑了一下，跳下馬來，把那馬拴在樹上，等會兒只要繩子一鬆，那馬就可掙脫回去了。

她又用一個棕色的長面紗遮住了臉，向前走去，轉了個彎，就看見羅西農。

羅西農也看見她，忙飛奔過來，挽著她到灌木叢裡，一邊說：「快呀，我等著十分焦急，怕你或許失約，好不容易你終於來了，我卻有疑真疑夢之感！」

奧丹絲嬌笑著，說：「你好像很高興幹這種傻事！」

羅西農說：「是呀，我很高興，我還敢發誓，往後你將會有無窮的快樂。金錢呀，奢華呀，全任你隨意的享受。」

她說：「我可不要什麼金錢，也過不慣奢華的生活。」

他問：「那麼你要什麼呢？」

她說：「我要快樂。」

他說：「我可向你保證，賜給你所要的快樂。」

奧丹絲笑著說：「你給我什麼快樂，我可猜不到。」

羅西農說：「你等著瞧吧！」

他們倆走到汽車旁，羅西農帶著得意的神情，一邊喃喃自語，一邊發動引擎。

奧丹絲相隨坐到車中，用一件大衣外套裹住了全身。

汽車循著一條灰藍的小徑前駛，到了十字路口，正想加足馬力，突然右邊樹林中砰的一聲，汽車的輪子顯然受了障礙，車身顛了一下。

羅西農縱身跳出汽車，喊著說：「唷，前面一個車胎爆了！」

奧丹絲說：「不對，有人開槍，打中了輪胎。」

「不會的，親愛的，你別慌！」

羅西農的安慰話才說完，又是砰砰兩下槍聲，仍是從附近的林中發出，汽車側顛著，動彈不得。

羅西農咆哮著：「後面的車胎，——兩個車胎都爆了！到底是哪個傢伙幹的？我希望能夠捉住他。」

他說著，三腳兩步爬上路旁的斜坡，但是那裡悄無一人，綠沉沉的灌木叢遮蔽在前面，阻擋了視線。

羅西農回頭對奧丹絲說：「正是有人向我們的汽車開槍，你說得一點也不錯。如今我修好這三個車胎，得要耽擱好幾個小時了。親愛的，你認為怎樣呢？」

奧丹絲也跨出了汽車，很興奮地走近羅西農，對他說：「我要走了。」

羅西農問：「為什麼呢？」

奧丹絲說：「我要找到向我們開槍的人。」

羅西農說：「我們倆現在不可以分開呀！」

她像生氣地說：「那麼叫我癡等幾小時嗎？」

羅西農悵然問：「你走了，我們的計畫又該怎麼辦呢？」

奧丹絲說：「此刻暫別，我們明天再談好了。我打算回家去，請你把我的東西帶回來。」

她返身翩然走到林裡，找到剛才拴著的馬，幸好牠還沒有掙脫。她縱身上馬，低聲自語說：

「除了他以外，絕不會是別人，一定是他。不久前他還帶著微笑，若無其事的說要陪我同遊，因此做出這等惡作劇。」

她好像受了欺侮似的，嗚嗚咽咽的哭出聲來；要是這時站在她眼前的是賴寧親王，她一定會立刻揮過馬鞭去抽打他了。

在她的面前，展開著一片崎嶇的原野，她無心欣賞景色，只是策馬前進，山地不平，使她不得不放慢速度，可是六里路已經過去了，並不能稍減她心中對於賴寧的痛恨。

她恨他剛才的三槍，她更恨他這三天來一副偽君子的態度，對自己不肯放鬆一步。……

一路走走停停，她已策馬進入山谷裡，那裡圍繞著一堵古舊斑駁的圍牆，在老翠亂綠中，現出一座古堡的鐘塔，塔上的窗戶嚴密地閉著。

她心中陡地一震，這個地方，正是哈林格領地。她轉過牆根，抬眼一望，便看見一個人倚馬站在半月形的門口，那人正是賴寧親王。

奧丹絲跳下了馬。賴寧脫帽走近，向她敬禮，並謝她遠來勞苦。

奧丹絲質問道：「先生，剛才我碰到一件很奇怪的事，正想告訴你。我坐在一輛汽車裡，忽然有人向車子開了三槍。這可是你幹的嗎？」

賴寧聳肩道：「不錯。」

奧丹絲聽了，很生氣的說：「你怎有權力來阻止我的行動呢？」

賴寧鎮靜地說：「夫人，這談不上權力，我只是盡我的責任罷了。」

她說：「是嗎？你在盡什麼責任呢？」

賴寧說：「有人要利用你的不幸而逞其野心，我只是保護你脫離這人的掌握。」

奧丹絲說：「這話我不贊成。我的行動完全自由，同時也由我自己完全負責。」

賴寧說：「夫人，今天早晨你跟羅西農的對話，我也聽見了，對於你跟他私奔的事，好像你自己也很不放心。我知道不該冒昧來干涉你的私事，願意誠心向你道歉；但我之所以冒險這麼做，是要使你有一點時間作為考慮的餘地啊。」

奧丹絲決然說：「我早考慮過了，我已經下定決心，不可能就此打消這計畫。」

賴寧說：「夫人，你雖這樣說，依我看來卻未必如此。如果你真的下定了決心，那麼你到這裡來做什麼？」

這話使奧丹絲啞口無言，她的怒氣漸漸平息，睜著驚異的眼神看著賴寧，她才慢慢明白，他的確是一個難得的俠士，或者說是高貴的紳士，見一女子誤入歧途，便盡他保護的責任。

賴寧的聲音很和藹，對奧丹絲說：

「夫人，我雖跟你相知甚淺，可是極願為你效勞。夫人今年不過才二十六歲，父母早已謝世。七年前，你跟愛格列洛伯爵的姪子結婚，後來他罹患精神疾病，被伯爵幽禁著。你的嫁妝早已被他花去，又不能跟他離婚，只好寄人籬下，跟著你伯父過著極端苦悶的生活。

「我也知道幾年前，伯爵的第一位夫人跟著情人私奔，伯爵娶了第二位夫人，心中總不免不快，影響所及，累你也覺得不快。你覺得自己年華虛度，陪著他們過著痛苦寂寞的日子，毫無快樂可言。偶然間你碰見了羅西農，落花有意，流水無情，他雖愛上了你，勸你私奔，但你並不愛他，可是你因為心中苦悶，顧不得一切，決意跟他出走。

「你也許想藉此可以要挾你的伯父，使他還你自由，但你怎能掙脫羅西農的圈套？如今你已差點誤入歧路了；你是願意落入羅西農的掌握呢？還是信任我呢？由你自己選擇吧！」

奧丹絲看著賴寧，見他的眼光裡帶著誠懇的光輝，兩人沉默了一會兒。

賴寧把兩匹馬的韁繩拴在樹上，再回頭看那兩扇牆門。

門上交叉釘著木板，還貼著一張選舉的通告，日期是二十年前，足見二十年來，已經沒人進這古屋去。

賴寧砍掉門上半爛的木板，又用小刀子撬去了大門的門閂，推門而入。

他抬頭一望，見那屋子是一座長方形的古屋；兩角都有塔，上有瞭望臺，當中另有一座塔聳立著。

賴寧轉身對奧丹絲說：「你打算怎麼做，今晚考慮再作決定，現在不必過急，如果你堅決跟羅西農走，我也不會破壞你們的好事，現在先讓我陪你享受一日之樂吧！昨天你不是答應我來這古屋探險，如今正可實踐，我覺得漫遊這裡，不單是消遣，也許會奇趣橫生呢！」

賴寧的話像是命令，又像是懇求，使奧丹絲覺得無從拒絕，她只好跟著賴寧，走上朽頹的階梯，階梯盡頭，也是一扇用木板交叉釘著的門，賴寧又照之前的方法撬開，和奧丹絲進了一座大廳。

大廳地上砌著黑白的扁石，四壁放著許多古式的邊櫥。牆上吊掛著一個裝飾品，雖已塵封，仍舊看得出雕刻的東西是一頭老鷹，立在一塊石上。

那邊還有兩扇布滿蛛絲的摺門，賴寧指給奧丹絲看，說：「那邊一定是

客廳。」

賴寧一推兩扇摺門，覺得十分結實，他用力把肩胛頂著，才推動了一扇。

奧丹絲默不作聲，看著賴寧那靈活的身手，臉上露出詫異的神情。

賴寧似乎看出她的疑惑，回身對她說：「我曾經做過鎖廠技師，所以撬門的事易如反掌呢！」

突然，她握住賴寧的手臂說：「你聽！……」

賴寧說：「聽什麼啊？」

奧丹絲顯出恐怖的樣子，把賴寧的手臂握得更緊，叫他別出聲。

賴寧靜聽了一下，皺眉說：「怪極了！」

奧丹絲尖聲說：「我不相信會有這樣的怪事！」

滴答滴答的聲音，像有秩序的在這古屋中作響；仔細聽去，這並不是什麼鬼物，原來有一架時鐘在那裡走動，銅製的鐘擺發出滴答的聲音來。但是幽禁了二十年的古堡，鐘擺還能走動，叫誰相信?!

奧丹絲顫抖著聲音問賴寧：「二十年來誰也不曾進過這古屋嗎？」

賴寧說：「我想是這樣的。」

奧丹絲說：「這鐘一直沒人動過，會走二十年嗎？」

賴寧和奧丹絲走到客廳中，他們四下一望，一切陳設十分整齊，彷彿當時屋主飄然而去，任何東西仍一如其舊；殘書在架，小擺設還留在書桌上。

賴寧檢查那架走動的時鐘，一塊橢圓形的玻璃中，能夠瞧見圓形的銅鐘擺。

賴寧打開鐘門，卻聽得瑟的一聲，時鐘噹噹的敲了八下。

奧丹絲聽了這慘厲的聲音，嚇得發抖，失聲說：「怪呀！」

賴寧偏著頭說：「真奇怪！看這鐘那樣簡單的構造，實在走不了一個星期。」

奧丹絲問：「你難道找不出什麼奇怪的地方嗎？」

「好像沒有，讓我仔細看看。」

他俯身細察，從鐘擺背後取出一個金屬的管子，就著亮光審視，分析道：「這是一架望遠鏡。但竟會拉長了藏在鐘後，絕不是偶然的事，這到底是什麼意思呢？」

接著，賴寧把望遠鏡拿下來，掩上鐘門，再度打量這間客室。

這一頭有一個寬闊的穹門，通到隔壁一間吸菸室的小房，裡面陳設的木器也很整齊；另外有一座玻璃櫥，像是安放槍械的，裡面已經空無一物。

一個日曆掛在近邊的鑲板上，看朝上的那一頁，是九月五日。

奧丹絲失聲說：「今天是九月五日，真是巧合，整整隔了二十年！」

賴寧應聲說：「他們定是九月五日離開這屋子的，今天算是二十周年紀念，巧極了！」

奧丹絲說：「這裡的一切都神秘得可怕極了！」

賴寧說：「不錯，但其間也許有蛛絲馬跡可循。」

她問：「那麼你的意思怎樣呢？」

賴寧沉吟著說：「這個望遠鏡頗費推測，為什麼臨走前，要把它匆匆丟置在鐘後？而且它有什麼用途？在這樓下各窗口，只能夠看見園中的樹木，因為這裡是山谷裡，要用到這望遠鏡，得到塔頂上去才可瞭望遠處。——我們且上去看看，你贊成嗎？」

奧丹絲早被勾起了好奇心，她立刻答應了賴寧，願意跟著他探究一下。

他們相偕上了樓梯，在二樓，看見有一架盤旋的扶梯，直達上面的瞭望臺，臺的周圍，繞著六呎高的護牆。

賴寧看了說：「這裡有著砌沒的地方，先前一定是槍眼。」

奧丹絲害怕說：「這裡根本用不到望遠鏡，我們也觀察不到什麼，還是下去吧！」

賴寧說：「依我想來，也許能找到什麼縫隙，可以伸出望遠鏡，好一窺外面的景色。」

他伸高雙手，攀住護牆頂，吊起身子，向牆外一望，外邊園林和山谷的景色盡收眼底；在小山腰樹林的凹處，離此約七八百碼遠，也有一座爬滿藤蔓的廢塔。

賴寧覺得很滿意，逐一瞧著護牆上的砌沒槍眼，預備找到安放望遠鏡的地方，湊巧他發現牆上有一個位置較高的槍眼，在那叢泥灰地中，已經長著野草，賴寧拔去野草，挖開泥灰，見有一個直徑五吋的洞穿的窟窿。

他順著這窟窿張望，正好看得見樹林蔥鬱的小山和長滿常春藤的廢墟。

賴寧很是高興，連忙把望遠鏡的鏡頭抹乾淨，架在這窟窿裡，順著鏡中望過去。

他很留神的望著不作聲，過了好一會，才轉回身子，顫聲對奧丹絲說：「天呀，真是可怕極了！」

「什麼事呀？」她問。

「你自己來看。」

賴寧讓在一旁，讓奧丹絲湊著望遠鏡瞧看。

她把望遠鏡轉動一下，配合上自己的眼睛，瞧了一會兒，不覺打了個寒噤，說：「那邊塔頂上的，可不是兩個驚走飛鳥的草人嗎？」

賴寧說：「你再看仔細一點，看那帽子下的臉。」

奧丹絲聞言一瞧，陡地失聲說：「可怕極了！」

從望遠鏡中，看到一片圓形的景色：那邊廢塔頂上，護牆上長滿著碧浪似的長春藤，在濃枝密葉中間倒著兩個人，背靠在一堆坍塌的石塊旁。

這兩個人面部的肌肉早已消失，只剩下白骨嶙峋的骷髏，只能從衣帽上才能分辨得出是一男一女；衣帽經過多年的月日剝蝕，已經衣不蔽體了。

奧丹絲失聲說：「這兩副穿著衣服的白骨，是誰放上去的呢？」

賴寧說：「不會有人放上去的。」

「但是……」奧丹絲表示疑惑。

賴寧很快的說：「這一對男女是好多年前死在塔頂上的，肉身在衣服裡腐爛，臉部的肉則被烏鴉啄食了。」

「可怕極了！」奧丹絲露出慘然的神情。

賴寧偕著奧丹絲略作徘徊，在離開哈林格領地之前，還到那蔓藤布滿的廢塔下看了一下。

這廢塔已經圮毀過半，裡面一無所有，一架木梯斷倒在地上，可見已好多年沒有人上去過。塔旁繞著牆，原來這裡是園林的末端了。

賴寧並不想上塔頂去看個仔細，他若無其事和奧丹絲走開，一路上也絕口不提這事，奧丹絲的心裡暗暗詫異。

他們倆到了附近村中一家小飯館裡吃些點心，奧丹絲忍耐不住，向店東探聽那廢塔的情形。誰知道這店東到村中不久，甚至連那廢塔的主人也不知道，更不用說另外的事了。

奧丹絲心下不快。他們倆離開飯館後，馳馬向馬來市邸回去，方才塔頂的慘象還深印在奧丹絲的心上，但是賴寧顯然並不介意，只知殷勤地照顧著她。

奧丹絲終於忍不住了，對賴寧說：「我們總得解決這個謎團呀！」

賴寧說：「你所謂解決，可是讓羅西農明白他所處的地位，跟你最後的決心嗎？」

奧丹絲嬌嗔著說：「別管什麼羅西農。我要徹底明白今天所見的慘象，請問你預備怎樣處理呢？去報警嗎？」

賴寧失笑了，說：「啊，我為什麼要去報警！」

奧丹絲說：「我們得把這慘象推究個水落石出。」

賴寧說：「我了解，好像看一本書，不單是文字說明，還有圖畫，再明白不過了。」

奧丹絲看著賴寧，當他是說笑，但是他的眼光十分嚴肅，分明胸有成竹。

那時夕陽西下，暮色漸上，他們倆緩轡走進馬來市邸，看見打獵的人也紛紛歸來。

賴寧對奧丹絲說：「我們要明白這件事，就得向附近的人打聽，就像你伯父，總該知道一二，然後綜合各方面的事實層層推究，自然會恍然大悟的。」

賴寧和奧丹絲到了邸前分手，奧丹絲回到屋裡，見兩個皮箱已經送來，羅西農還附著一封信說已經離開，向奧丹絲道別，語氣裡帶著不平的樣子。

奧丹絲休息了半刻，外面有人敲門，正是賴寧，他問：「你伯父正在下面書房中，你可以跟我一起下去嗎？」

奧丹絲走出房門，跟著賴寧下了樓，到了書房裡，愛列洛伯爵正獨坐著抽菸，還喝著雪梨酒。

伯爵見他倆進來，便說：「奧丹絲，九月秋天正是盡情暢遊的好機會，你今天跟賴寧親王玩得愉快嗎？」

賴寧接口說：「伯爵，我正想跟你談一談這事呢！」

伯爵忙說：「抱歉得很，我在十分鐘後要到火車站去迎接一個朋友呢！」

賴寧說：「十分鐘嗎？我們的談話充分足夠了。」

伯爵說：「你要說的話，只須吸一支香菸的時間嗎？」隨手把香菸匣遞

給賴寧。

「絕不會超過這個時間的。」賴寧說著，取過一支菸燃著了，說：「方才我們同騎，去瞧一個叫哈林格領地的古堡，想來伯爵總知道這個地方的。」

伯爵說：「是的，這古堡封閉已有二十五年，想來你們是過門不入的。」

賴寧說：「我們竟破門而入了。」

伯爵說：「真的嗎？裡面可好玩？」

賴寧說：「好玩得很！我們還在裡面發現一件奇怪的事。」

伯爵看了表一眼，隨口問：「是什麼事啊？」

賴寧說：「在一個塔頂，發現一對男女的屍骸，白骨嶙峋，還穿戴著衣帽，跟他們被殺時一模一樣。」

伯爵急說：「什麼，是被人謀殺的？」

賴寧說：「不錯，所以我們來向伯爵探聽這事。這幕慘劇的發生時間是在二十年前，不知道那時可有人知道呢？」

伯爵說：「絕沒有人知道，我當時既沒有聽到有什麼命案發生，也不知道有什麼人失蹤。」

賴寧怏怏地說：「我希望知道詳情。」

伯爵說：「那非常抱歉。」

賴寧向奧丹絲看了一眼，向門口走去，忽然又回過頭來對伯爵說：「伯爵，我希望你介紹你府上的什麼人跟我談談，也許他們知道詳情。」

伯爵說：「什麼，你說我的家人嗎？」

賴寧說：「不錯，哈林格令地一向是屬於愛格列洛族的，屋中和碎石上都有這家族的徽章，那是一頭老鷹，單看這個，就明白這事跟你家有關係。」

伯爵推開面前的酒，臉色微露詫異，說：「雖然你這樣說，我卻想不起有什麼人與此有關。」

賴寧狡猾地說：「伯爵，你好像不肯承認和屋中主人有關係。」

伯爵說：「依你看來，那屋主不是一個紳士嗎？」

賴寧說：「老實說吧，那人是一個殺人凶犯。」

伯爵突從椅中站起，默默不作聲。

奧丹絲興奮地問賴寧：「難道塔頂的屍體，是屋中人幹下的謀殺嗎？」

賴寧說：「我確定是這樣的。」

奧丹絲說：「你又如何知道呢？」

賴寧說：「我不但知道這對犧牲的男女是誰，還知道他們遇害的原因呢！」

他不再多說，好像已經證據屬實，無需加以多辯。

伯爵反剪雙手，在屋裡踱了幾步，默不作聲，最後才說：「先前我也覺得那邊有什麼事故，但是不明底細。二十年前住在哈林格領地的，是我一個遠房堂弟，我為了我們愛格列洛一族的聲譽，總是希望這事永遠隱瞞著。」

賴寧忙問：「那麼你這位堂弟是犯了謀殺案了。」

伯爵說：「不錯，但他之所以如此，是有不得已的苦楚啊。」

賴寧說：「不錯，伯爵，據我知道，你這位堂弟取那兩人的性命，手段十分陰險，布置巧妙，更是用盡心計。」

伯爵說：「好的，那麼把你所知道的告訴我吧！」

賴寧分析道：

「道破了也很簡單。你的堂弟——那個也姓愛格列洛的人，結婚後住在哈林格令地，鄰近有一對夫妻，跟愛格列洛夫婦交往甚密，後來他們中間爆出了曖昧情事，就不必我細述了。

「那個塔原有另一扇門，和領地外面相通，愛格列洛夫人常在綠葉如幕的塔頂跟鄰家的丈夫幽會。你那堂弟愛格列洛發現了這樁醜事，恨得想手刃這對野鴛鴦，不過他不願意讓別人知道家醜，行事也想做得不露形跡。

「他左思右想，想起屋中的瞭望臺能夠望見八百碼外的塔頂，一望無遺，於是他在護牆砌沒的槍眼中穿了窟窿，架上望遠鏡，窺探那邊塔頂情人的幽會。接著他量準距離，架上槍枝，在九月五日星期日，趁屋中沒人的時候，在瞭望臺上又看見這對男女在塔頂幽會，不覺怒火中升，連放兩槍，結束了這一對癡情人。」

伯爵聽賴寧解釋得這樣明白，喃喃地說：「你說得不錯，這慘劇就是這樣發生的，我想我那堂弟愛格列洛……」

賴寧繼續說：「凶手的願望既已達成，便把這邊護牆的窟窿堵住，又把塔中的木梯搗毀，從此誰也不能上塔頂去，任那對情屍暴露在蔓藤布滿的塔頂。之後，他聲言自己的夫人跟那人相約私奔，將一切掩飾過去了。」

奧丹絲聽到這裡，失聲說：「你說什麼？」

賴寧說：「我的意思是，愛格列洛伯爵誣指他的夫人跟他的朋友私奔。」

奧丹絲忙說：「你說的可是我伯父堂弟的事，可不能把我伯父混為一談呀！」

賴寧說：「這裡委實就只有一件事，我方才所說的，就是這事的始末。」

奧丹絲看了她伯父一眼，見他坐在黑暗處，頭垂得很低，交叉雙臂並不作聲，也不申辯什麼。

賴寧語氣堅定地再說下去：

「這件事發生的時間是九月五日傍晚八點鐘，那位愛格列洛伯爵把哈林格領地的入口堵塞好，就要離開這地方去找尋他的夫人，他因為臨行匆忙，並不曾收拾屋裡的東西，他所帶走的，只是玻璃櫥中的槍枝。

「他正想出門，突然想到那具望遠鏡是他犯罪的證據，便藏在鐘架後邊，以為誰也不會發現。不料他隨手一放，卻不曾留心把那鐘擺軋住，方才我進客室門的時候用力過猛，震動到那卡住的鐘擺，使二十年前停住的鐘開始走動，接著噹噹的敲響了八下。

「這個鐘聲裡的秘密既被我探悉，我一步步推測下去，於是明白了這慘劇的內幕。」

奧丹絲說：「憑推測不行，還得證據呀！」

賴寧高聲說：「證據嗎？到處都是！八百碼的距離，射得那樣準，非是一個高明的射擊家不可。──愛格列洛伯爵可不是嘛？臨走時除了攜去屋中精品的槍枝外，什麼都不帶，這凶手想當然是一個熱愛槍枝的行獵家。──愛格列洛伯爵，可不是？如今這些槍枝都堆在這座牆上了。還有，行凶的日期是九月五日，每年到這一天，他回憶舊情，心中不免悶悶不樂，總得遊獵尋歡以排遣愁懷。今天又是九月五日。──這一串證據足夠了吧？」

賴寧伸出手，指著伯爵。

伯爵蜷伏在椅中，神色哀傷，雙手抱著頭；奧丹絲本來跟她丈夫的伯父不睦，到此也無可為他辯解，自然默不作聲。

空氣凝結了一兩分鐘，在這最緊張的時刻，伯爵霍地從椅中起來，走到賴寧和奧丹絲的跟前，說：「且不論這件事的真假，但一個丈夫手刃姦夫淫婦，保持自己的顏面，總不能說是罪惡。」

賴寧說：「事情可不是這樣簡單的。」

伯爵忙問：「你還有什麼高見嗎？」

賴寧說：「這不單是丈夫執行家法的事，其中還有不可告人的秘密，一個失敗的人，羨慕他朋友的錢財和嬌妻，便設下陰謀，讓那朋友跟自己的妻子同上荒塔去參觀，他就躲在遠處，把這兩個人狙擊了。」

伯爵忙說：「不對，沒有這事！」

賴寧說：「我一半是憑證據說話，一半是按著事實推理，就算沒有這一回事，那麼你責罰了一對犯罪的人，為什麼直到現在，心裡還總覺得愧疚呢？」

伯爵說：「有了殺人的行為，總不免耿耿於懷呀！」

賴寧低聲說：「愛格列落伯爵在事後又娶了那死友的遺孀，也許心裡一直負疚著。試問伯爵，這段婚姻的目的在哪裡？這位愛格列洛伯爵不是很清苦嗎？他續娶的那位寡婦不是很有錢嗎？也許伯爵跟她早有情愫，才跟她陰謀設計殺死自己的夫人和她的丈夫。——我眼前不能解決這些重要的問題，這是警察的職責所在，就讓他們去解決吧！」

伯爵聽了，大受震驚，臉色變得慘白無比，身子靠著椅背，用顫抖的聲音說：「你想去報警嗎？」

賴寧搖頭說：「我並沒有這個意思，二十年來，冥冥中無形的法律，使那犯罪的人悔恨恐懼，心裡痛苦，如入地獄。這已經是極可怕的懲罰，對那位愛格列洛伯爵是夠受了。我不想宣布這事，免得使愛格列洛的家醜外揚，更免得使伯爵的姪媳也同擔醜名。算了，這件不名譽的事，暫且別談吧！」

伯爵聞言鬆了一口氣，回到椅中坐定，雙手捧著頭，問：「那麼為什麼……」

賴寧說：「你可是想問我為什麼干預這事嗎？你總以為我有甚麼目的，才來揭發這隱私。不錯，罪狀既經宣布，總得略施懲罰，作為我們今日會見的尾聲，但我們對於愛格列洛伯爵預備從輕發落，請你放心吧！」

伯爵聽了，知道自己略略花點錢就可以風平浪靜，立刻鎮靜了許多，帶著譏諷的口吻問：「你要多少代價呢？」

賴寧失笑說：「好啊，虧你明白了，但是你跟我論價，卻是大錯特錯，要知道這次我插手干涉，完全是俠義的行為。」

賴寧靠在桌上回答說：「有一份契約，是你替你姪媳奧丹絲所訂的，正放在你的抽屜裡，等待你的簽字，上面寫著要歸還她個人私產的話。這筆錢是她的陪嫁，被你的姪子花掉，你做伯父的，當然應該負責，現在請你馬上簽了字吧！」

伯爵吃驚說：「你知道這筆數目嗎？」

賴寧說：「我無需知道。」

伯爵說：「如果我拒絕簽字呢？」

賴寧說：「那麼我去瞧瞧愛格列洛伯爵夫人便離去。」

伯爵不再多說，立刻打開抽屜，取出那張約定，簽完了字，便說：「手續完了，我希望……」

「希望永遠不再跟我見面吧？我原也預備今晚離此，你那姪媳明天也要離府了，從此再見吧！」

這是賴寧最後的話。

賴寧趁著客堂中沒人時，把那份契約交給奧丹絲。奧丹絲又驚又異又感激，簡直說不出話來。

賴寧微笑地向她說：「你心中對我可滿意嗎？」

奧丹絲伸出一雙纖手，讓他緊握著，說：「你救我脫離羅西農的掌握，又還我自由，使我收回失去的資產，我簡直不知道該如何向你表示謝意呢！」

賴寧說：「我並不想聽這些話。我看你平日生活乏味，很希望你能快樂，今天你覺得怎樣呢？」

奧丹絲說：「今天的經歷，是我生平最奇怪、最動人的事。」

賴寧說：「這就是生活，一切新奇的事情都在平凡的地方，在那卑陋的草屋裡，在那聰明人的假面具後，只要利用自己的眼睛去找，到處都有。如果自己願意，隨時隨地可以行俠仗義的。」

奧丹絲見了他那樣凜然的態度，很受感動，柔聲問：「你到底是什麼人呢？」

賴寧笑著說：「我是一個冒險家，一生以冒險度日；除了幹冒險的事業外，覺得人生沒有生存的價值。你今天會感到很興奮，是因為這事跟你有切身的關係，其實旁人的冒險事，也很足以鼓動你的趣味，你可願意試一下嗎？」

奧丹絲問：「怎樣個試法呢？」

賴寧說：「就請你做我冒險的伴侶，我如有機會從事什麼冒險的舉動，我們倆一同出發，你可應允我嗎？」

「可以的，但是……」她說到這裡，遲疑地看著賴寧。

賴寧微笑著說：「你若有點猶豫，我們不妨訂個約吧！」

奧丹絲說：「你提出條件，好嗎？」

賴寧沉吟一下，說：「這樣吧！今天下午哈林格領地的古鐘神秘地敲響了八下，是我們冒險事業的開始；如果你願意的話，我們在三個月中，找七件冒險的事來玩玩，等到這八件事完成之後，你得允許我……」

奧丹絲說：「允許什麼呢？」

賴寧很快地說：「如果你覺得我們冒險的生活索然無味，不妨立刻離開我；否則你便陪伴我攜手進行，在三個月內完成八件事，等到十二月五日，再去聽那鐘鳴八下，到那個時候你得允許我……」

賴寧沒說下去，閃閃的眼光看著她的紅頰；奧丹絲臉上泛出紅暈，明白了他的意思，含羞不作一聲。

片刻後，賴寧柔和地說：「只要我能常跟你會面，心裡已覺安慰；如今請你提出條件來，你可有什麼要求嗎？」

奧丹絲見賴寧這樣的體貼，心中很是感動，於是問：「你問我可有什麼要求嗎？」

賴寧說：「是的。」

奧丹絲說：「不論有什麼煩難的事，我都可以提出嗎？」

賴寧說：「為了你，任何煩難的事，我都會很有熱情地情去做的。」

奧丹絲說：「那麼，我託你尋回一個小小的玉佩來，這玉佩是紅瑪瑙材質，細嵌著金銀線，是我母親的東西，也是我的傳家寶。自從那天在我的首飾盒中失去後，我好像就此落入愁雲苦海裡。親愛的，你可能為我找回來嗎？」

賴寧問：「你丟失這玉佩，是什麼時候的事呢？」

奧丹絲想了想說：「七年前，也許是八、九年了，失去的情形，我全然不知道。」

賴寧說：「我一定替你找到，使你恢復往日的快樂。」

二　神秘的火

奧丹絲到巴黎住了四天，約好賴寧親王在波愛林外見面。他們倆並坐在帝國旅館的陽臺上，享受著豔麗的晨光。

奧丹絲覺得很快樂，她的臉容益加美麗了。

賴寧並不提起前回所說的話，只靜聽著奧丹絲一項項地告訴他離開馬來市邸的情形，並說不清楚羅西農的消息。

賴寧說：「我知道。」

奧丹絲說：「真的嗎？怎樣了？」

賴寧說：「他寫信來約我決鬥，今天早上我們決鬥過了，他肩頭受了一點傷，就此結束，現在我們別再談他了吧！」

接著，賴寧提起此刻發現了兩件好玩的事，說：「最有趣的冒險，便是事前所不能瞧見的，突如其來的機會得立刻抓住，這是稍縱即逝的，一步步追蹤過去，何等引人入勝呀！」

這時陽臺上漸告客滿。他們的鄰桌，是一個正在閱讀新聞的少年，那少年身材瘦小，留著鬚子。

他們背後的窗口，隱隱送來奏樂聲，另一間房裡，舞池中正有幾對舞侶在盤旋。

賴寧付帳時，聽到少年粗魯地叫罵侍者道：

「什麼，沒有零頭找我了嗎？該死的！」

他手中的新聞紙也掉了下來，賴寧立刻去拾起，很快的瞥過那一頁，末後看到一則新聞，低聲讀著：

「為亞克·烏貝爾辯護的大律師都鐸，已蒙伊立西法庭許可出庭，據聞大總統拒絕特赦，明晨便須執行死刑了。」

再說那少年走出陽臺，在花園門口碰見一個偕著女伴的紳士，迎面攔住他的去路，說：「對不起，看先生神色這樣匆忙，敢情是為了亞克·烏貝爾的事嗎？」

那少年囁嚅的說：「正是，亞克是我的總角之交，現在遭此厄運，我要去安慰他的夫人呢！」

那紳士說：「我是賴寧親王，很願意同去一見那位夫人，如有可為她效力的地方，我很樂於稍盡棉薄。」

那少年讀了那則新聞後，心中已感不安，再加上碰到這樣好事的紳士，更覺得奇怪，便說：「我名叫杜德洛——奧斯汀‧杜德洛。」

賴寧向自己的汽車司機招手，汽車開到面前，他便把杜德洛拉入汽車，一邊問：「烏貝爾夫人的住址在哪裡？」

杜德洛說：「羅恩路二十三號。」

賴寧扶著奧丹絲上了車，把住址告訴了司機。

車子開動後，賴寧向杜德洛說：「這件事我只知道大概，是亞克被控殺害一個近親，是嗎？你能簡單地向我說一遍嗎？」

杜德洛好像心神不寧，答說：「先生，他是無辜的！我敢發誓，他是無辜的。我知道他，我跟他已是二十年的老友了。……可怕呀，他的確是無辜的。」除此，他便說不出話來了。

汽車到了羅恩路二十三號，一棟單層的小屋前停下，杜德洛按鈴，一個侍女出來開門，見了杜德洛等，便說：「夫人和她的母親正在客堂裡。」

「我們去瞧她吧！」

杜德洛說著，便領導賴寧等走到一間小巧精緻的客堂中，那裏陳設很漂亮，平日大概是兼作書房用的。

有兩個婦人在那裡坐著，相對飲泣。其中一個白髮斑斑的老婦人，起身迎接杜德洛。

杜德洛把賴寧親王好意相助的話，說給他們聽。那老太太便向賴寧說：「先生，亞克是我的女婿，他是一個好人啊！他是無辜的。他怎會殺死他所敬愛的表兄伊隆呢？我敢發誓他是無辜的，但當局竟要把他判處死刑，這不也要殺死我的女兒嗎？」

賴寧知道這幾個月來，他們一家深信亞克無辜，以為總有破案的一天，誰知晴天霹靂，他竟然被判死刑，自然要崩潰了。

另一個少婦，正是烏貝爾夫人，蓬鬆著秀髮，帶著愁苦的臉容，在那裏抽抽咽咽的哭泣。

賴寧向她說：「夫人，雖然我不知道怎樣幫助你，但是請你相信我，我會竭盡我所能的，所以請你對我的問話，回答得清楚些，也許靠著你的答話，能夠改變眼前悲痛的局面。你們說亞克是無辜的，是嗎？」

「他是無辜的，先生。」那少婦答道。

賴寧便說：「你們雖然明知他的無辜，無奈你們的意見不能上達法庭，使審判官相信，只好靠我的相助，你也不用詳細地告訴我，反引發你的愁懷，只須約略回答我幾個問題，可以嗎？」

少婦忙說：「自然可以。」顯然她已對賴寧有了深切的信賴。

賴寧就問那少婦：「你丈夫是做什麼職業的？」

少婦說：「他是保險業經紀人。」

「事業發達嗎？」

「去年起才比較發達，從前很冷清的。」

「那麼他的手頭未必怎樣充裕了？」

「不錯。」

「那件謀殺案發生在什麼時候？」

「本年三月間的一個星期日。」

「遇害的是什麼人？」

「他的一個遠房表兄伊隆，住在蘇來納。」

「死者失去了多少錢？」

「死者在前一天收到人家還他的債款，共計六萬法郎，全部不見了。」

「你丈夫可知道死者收到這筆鉅款嗎？」

「知道的。就是星期日那天，他們倆互通電話，那表兄提起這件事，亞克便告訴他，說家中有鉅款，最好存到銀行裡。」

「通電話的時候，可是在早晨？」

夫人說：「不錯，他預備在下午一點鐘，騎摩托車去瞧這位表兄，因為身體不適，就此作罷，那天他整日在家裡。」

賴寧問：「家裡只有他一個人嗎？」

「是的，兩個僕人逢星期日休假，老友杜德洛陪伴我和我母親上戲院看電影去。直到黃昏時，我們忽然聽到伊隆被殺的消息，我的丈夫就在第二天早晨被捕。」

「有什麼證據，證明你丈夫是凶手呢？」

夫人沉吟著不即回答，賴寧用手勢催促著。

夫人才接下去說：「那凶手到蘇來納去，是騎著摩托車，檢查輪印，正是我丈夫的車子。屋裡留下行凶的手槍和一條手帕，也是我丈夫的。同時有一個鄰居，說在下午三點鐘時，看見亞克騎車出去；另外有一個人，在四點半時，瞧見他騎車回來，正巧謀殺案的發生是在四點鐘時。」

賴寧又問：「那麼你丈夫怎樣辯白呢？」

夫人說：「他說那天午後，正在家中睡午覺，並沒有走到房門外去，大概有人來偷走了他的車子，趕往蘇來納行凶。至於手槍和手帕，他一向是放在修車的工具袋裡，凶犯就隨手拿來用的。」

賴寧說：「他辯白的理由，也很充分啊！」

夫人說：「然而有兩件事，使他不能自圓其說。第一點，大家都知道亞克的習慣，每逢星期日下午，他總是騎了車子出去兜風；那天他雖說整日在家裡，卻沒有人可以證明。」

「第二點呢？」

夫人臉色一紅，低聲說：「凶手殺死伊隆後，還到廚房去喝了半瓶酒，酒瓶上留著的指印，正是我丈夫亞克的。」

夫人說到這裡，心裡一酸，覺得鐵證鑿鑿，已回天乏術，因此絕望地倒在椅中，不管奧丹絲在旁如何相勸，總說不出話來。

那老太太慘然說：「先生，我相信亞克是無辜的，他們不該判他死刑，更不該害了我的女兒。天呀！這真是我們前世做下的冤孽，我那可憐的小梅狄玲呀！」

杜德洛接口說：「天呀，他們要是把亞克送上了斷頭臺，夫人一定承受不住，怕她或許就在今夜要自殺相殉呢！」

賴寧不作聲，在屋裡踱了幾步。

奧丹絲問他：「你可有什麼方法幫助她嗎？」

賴寧為難道：「此刻已經上午十一時半，死刑就要在明晨執行了。」

奧丹絲更問：「你相信亞克有罪嗎？」

賴寧說：「現在還不能說，但是烏貝爾夫人的話，倒可提供我探案的資料。」

他坐在沙發上，點燃一支菸，默不作聲地在那裡思索著。

大家看他一連抽了三支菸，他一邊想著，一邊不時看著他的時鐘，現在正是分秒必爭的時候。

一會兒他站起身，走到烏貝爾夫人的跟前，握住她的手，好意安慰說：「夫人，你千萬別輕生，就是到了最後的一分鐘，也不能絕望；在我而言，我不到最後一分鐘，絕不放棄努力。請你放寬心，相信我吧！」

夫人勉強答應著：「多謝先生好意，我也信任先生。」

「好的，請你稍等，我在兩小時內一定趕回來。」賴寧又轉向杜德洛說：「杜德洛先生，可肯勞駕陪我們同行嗎？」

杜德洛立刻答應跟賴寧和奧丹絲坐到汽車裡。

賴寧問他：「你可知道附近有什麼安靜的小餐館嗎？」

杜德洛說：「有的，就在戴寧廣場，我所住的公寓的下面，有一家叫露迪香的小餐館，生意十分清淡。」

賴寧說：「好極了，我們到那邊去用餐吧！」接著，又對杜德洛說：

「據說那死者失去的紙幣，上面的號碼是知道的，是嗎？」

杜德洛說：「不錯，伊隆收到那些紙幣後，就把紙幣上的號碼都登錄在日記簿上。」

賴寧沉吟一下，又說：「全案的關鍵，就在這六萬法郎的紙幣；紙幣如能尋得，這案子也不難水落石出了。」

汽車停了，他們進了露迪香餐館，擇席坐定，便命侍役備席。侍者去後，賴寧走近電話機，抓起聽筒，說：

「喂，請接警視廳。——喂，你們可是警視廳嗎？我要跟偵探部說話，很重要，你就說我是賴寧親王吧！」

他握著電話筒，返身對杜德洛說：「我想邀一位朋友來談談，這裡不會有人來打擾吧？」

杜德洛說：「放心，絕沒有人會來的。」

電話接通了，賴寧說：「喂，你是偵探部的秘書嗎？好呀！先生，我跟貴部部長杜道愛先生有過接洽，提供他情報，他該記得賴寧親王這個人。現在伊隆案中凶手亞克盜去的六萬法郎紙幣，我已經知道藏在什麼地方了。如果他不放心此事，請他派一個偵探來，我可以指點他，此刻我在戴寧廣場露迪香餐館，跟一位女友，和亞克的朋友杜德洛在一起用餐。」

電話掛斷後，奧丹絲和杜德洛向他呆望，現出十分詫異的神色。

奧丹絲低聲問：「你已經發現了什麼線索嗎？」

賴寧笑著說：「什麼都沒有。」

奧丹絲說：「那麼你怎麼……」

賴寧說：「我要裝作知道，著手更容易些。——且慢談此事，我們先用餐吧！」

他看了一眼時鐘，已經十二點三刻，便說：「二十分鐘內，警視廳的人就要來了。」

奧丹絲說：「如果沒人來呢？」

賴寧說：「絕不會的。方才我的話很巧妙，此刻已在處刑的前一天，罪狀好似到了劊子手掌中，縱然你突然說亞克沒有罪，絕沒有人相信，杜道愛也不會重視的。但全案的弱點，顯然是他們始終沒有找到那六萬法郎，一旦發現藏錢的地方，他們便會動心了。」

奧丹絲疑說：「藏紙幣的地方，你也不知道……」

賴寧說：「我的好小姐——對不起，我這樣稱呼你——你要知道雖然不能探得事實真相，但憑理論去湊合事實，也會有若干符合的。現在我唯有選擇這一條路走。」

奧丹絲說：「那麼你在拼湊事實嗎？」

賴寧暫時不作答，只顧低頭用餐。

用餐完畢，才對奧丹絲說：「我單憑這點推測思考下去，如果時間允許，有幾天的工夫便可以證實我的理論，可惜目前只有幾小時的時間，我只能暗中摸索，相信也可以獲得真相。」

奧丹絲問：「如果你摸索錯了呢？」

賴寧說：「此刻也顧不得那麼多了，時間是這樣的匆促——聽啊，外面有人叩門了。我還要叮嚀你們，待會兒我說什麼話，你們可不要反駁。——杜德洛先生，請你也暫坐旁聽。」

一個生著紅鬍的人推門進來，一邊問：「這裡哪一位是賴寧親王？」

賴寧應著：「是我。這位可是杜道愛部長派來的嗎？」

那人說：「不錯，我是偵探長馬立沙。」

賴寧說：「請你匆匆趕來，料想杜道愛部長派你來聽我指揮，也不會後悔呢！」

馬立沙說：「還有兩個跟我同來的偵探，在外面的廣場中等候。我們三人是承辦這案件的人，現在很樂意幫忙先生。」

賴寧說：「時間很寶貴，我實在不敢請你稍作休息，好在也只要幾分鐘時間，你可知道這其間的事嗎？」

馬力沙說：「伊隆失去的六萬法郎紙幣，號碼全登錄在這裡。」便拿起一張紙片遞給賴寧。

賴寧細看了一眼，說：「是呀，兩張表的號碼全相同。」

馬力沙聽了，十分興奮，說：「部長方才知道你發現了紙幣，覺得這是一個重要關鍵，你可以讓我看一下嗎？」

賴寧沉吟了一會兒才說：「我費盡心力才探出這一件事，據我所知，謀殺伊隆的凶手，從蘇來納回來，先到羅恩路二十三號放了車子，便跑到廣場，然後進了這公寓。」

馬力沙詫異地說：「進這屋子來嗎？來做什麼呢？」

賴寧說：「來藏放六萬法郎。」

馬力沙說：「真的嗎？他藏在哪裡？」

賴寧說：「藏在五樓的房間中，那房間他是有鑰匙的。」

杜德洛驚異萬分，失聲嚷著：「不對，五樓只有我租下的一間套房。」

賴寧鎮靜地說：「是呀，當你和烏貝爾夫人母女倆在電影院中時，趁此溜回來的。」

杜德洛說：「不可能，房門上的鑰匙，只有我有。」

賴寧說：「沒有鑰匙也沒關係。」

杜德洛說：「門上也沒有撬過的痕跡。」

馬力沙插嘴說：「請說清楚一些吧！依你的說法，紙幣是藏在杜德洛先生的房裡嗎？」

賴寧很有把握的說：「不錯。」

馬力沙說：「亞克在第二天早晨被捕，想來那紙幣還沒人移動過，一直在老地方。」

賴寧說：「對呀，我以為正是這樣。」

杜德洛聽到這裡，不禁失笑說：「哈哈，照理這些紙幣該被我發現了，可不是？」

賴寧便問：「你曾經找過嗎？」

杜德洛說：「自然不曾，但我那小小的房間裡若是藏了東西，絕逃不過我的眼睛。你可要去瞧瞧我的房間嗎？」

賴寧說：「不管房間多小，藏放六十幾張紙，總是綽綽有餘的。」

杜德洛說：「當然我相信做得到，可是我仍舊得告訴你，房間的鑰匙，只有我有；我又不僱什麼僕役，管家也就是我，我想不透……」

他突然頓住了，望著賴寧。

奧丹絲見賴寧這樣，也好像墜入五里霧中，只閃著驚異的眼波看著他。

她對馬力沙說：「偵探長先生，既然賴寧親王說紙幣藏在五樓，我們不妨上去瞧一下，什麼事就容易解決了。」

她又向杜德洛說：「杜德洛先生，勞駕你陪我們上樓好嗎？」

杜德洛忙說：「好極了！這真是極簡單的事呀！」

四個人上了五樓，杜德洛掏出鑰匙，打開房門，裡面是一間布置得頗整潔的房間。

單說那起居室裡，椅子各有一定的位置，擺放得非常恰當；架子上放著菸斗火柴，牆上掛著三支手槍，按著長短的排列。窗前的小桌子放著帽盒，盒中滿裝墊帽的薄紙。

杜德洛脫了帽，放在盒裡，又脫下手套，放在一旁，他的舉動循循有序，好似一個拘謹的人，凡是屋中的陳設，他都不輕易移動，見賴寧無端移動他的東西，心中頗感不悅。

接著，他又從盒中取出帽子戴在頭上，打開了窗，背向著房內，手臂放在窗欄，望著外面，似乎不高興看到旁人來攪亂他的秩序。

馬力沙便向賴寧說：「你確定紙幣在這房裡嗎？」

賴寧說：「是的，我相信那人行凶後，帶了六萬法郎的紙幣，到這裡來的。」

「我們立刻動手來找吧！」

馬力沙說著，便和賴寧兩個人東翻西翻，忙了半小時，什麼地方都尋遍，卻連紙幣的影子都沒有。

馬力沙說：「這裡顯然是沒有，我們還得搜下去嗎？」

賴寧說：「不必，紙幣已經更動地方了。」

馬力沙問：「這是什麼意思？」

賴寧說：「紙幣早被人取走了。」

馬力沙問：「取去紙幣的人是誰，你可能指明嗎？」

賴寧來不及回答，杜德洛陡的從窗口轉過身子，憤然說：「偵探長先生，這位先生的意思，需要我來說明嗎？他顯然說這裡住著一個不誠實的人，偶然發現了凶手藏著的紙幣，便順手偷了，藏匿在穩妥的地方。──先生，你不是這樣想嗎？你心中猜測偷竊紙幣的，不就是我嗎？」

他恨恨地拍著胸脯，走近賴寧，說：「是我，我發現了紙幣，偷藏起來了！你敢說這樣混蛋的話！」

賴寧仍悶聲不響，杜德洛的怒氣無從發洩，便把馬力沙拉到一旁，說：

「偵探長先生，勞你過來牽扯到這場無意義的胡鬧，真是抱歉。方才賴寧親王曾告訴這位夫人和我，說他在暗中探查，希望運氣好，能查明這案件。——先生，方才你不是這樣說嗎？」

賴寧沒有理會他。

杜德洛更生氣了，大聲說：「先生，你說呀，你既然沒有什麼證據，卻妄行推測，誣蔑我偷竊，究竟你怎麼知道紙幣是在我屋裡？誰帶來的？凶手為什麼把紙幣藏在這裡？回答我，把證據給我們看呀！只要有一個證據也就夠了。」

馬立沙有點被他說動，看著賴寧，看他怎樣答覆。

賴寧卻很鎮靜的說：「詳細證據都有，我們向烏貝爾夫人要，現在先陪我下樓打給夫人，便可分曉了。」

杜德洛聳肩說：「反正你是瞎忙，隨你怎麼幹吧！」

他的樣子惱怒已極，他站在窗口，被烈日曬出一身大汗，便在臥室中取出一瓶水來喝，喝了兩口，隨手把水瓶放在窗欄上，才對大家說：「跟我下樓吧！」

賴寧冷笑著：「你像是急於要離開這房間呢！」

杜德洛說：「不錯，我急於要證明你的胡鬧。」

四個人出了起居室，杜德洛隨手帶上門下樓，正好電話室裡空無一人。賴寧向杜德洛問明烏貝爾家的電話號碼，接通電話，那邊一個侍女回答說：「夫人因為悲痛，暈了過去，此刻已睡熟了。」

賴寧說：「我是賴寧親王，有事要相談，請老太太來接電話吧！」

賴寧把第二個話筒授給馬力沙。

這時室中寂靜，杜德洛和奧丹絲雖然沒有話筒，他們的談話也能夠聽得很清楚。

「喂，您可是老太太嗎？」

「是，你可是賴寧親王？」

「是呀，我是賴寧。」

「先生，可有什麼線索嗎？事情還不致絕望吧？」

「我探查的結果很滿意，大可告慰您。現在還有幾個重要的問題請您回答，請問凶案發生的那天，杜德洛曾來您家嗎？」

「是的，飯後他約我和女兒到電影院去。」

「他那時可知道伊隆收到鉅款的事嗎？」

「他在閒談中對他說起過，他是知道的。」

「那天亞克因為身子不適，不曾照常駕車出去，這是事實嗎？」

「是的，我確知他不曾出門半步。」

「那麼你們三個人同上電影院去嗎？」

「是的。」

「你們在電影院裡，可是坐在一起嗎？」

「不，那時已經沒有三個連接的空座，杜德洛先生是坐在別處的。」

「你們可望得見他的座位嗎？」

「不能。」

「在中間休息時，杜德洛先生有過來看你們嗎？」

「不。直到看完電影，我們散場出來，才碰到杜德洛先生。」

「真的是這樣嗎？」

「真的是這樣。」

「老太太，很好，一小時裡，我就可以使本案水落石出，現在您且不用去驚動您的女兒。」

「如果她自己醒來了呢？」

「您只要好言安慰她，請她寬懷。再會。」

賴寧掛上話筒，返身向杜德洛一笑，說：「好朋友，這案件已經很清楚了，你還有什麼話說嗎？」

杜德洛默不作答，全屋子靜靜的。

接著，賴寧問馬立沙：「偵探長先生，方才你說外面還有兩個夥伴等著？」

馬力沙說：「是的。」

賴寧說：「好，我們正需要，再請你關照這裡的賬房一聲，請他們不要來干預我們的事。」

賴寧等馬力沙回來後，便掩上了門，站在杜德洛的跟前，慢慢地說：「我的朋友，星期日那天下午三點到五點中間，亞克的夫人和岳母並沒有瞧見你，這很有蹊蹺。」

杜德洛說：「這兩小時我在電影院中啊。」

賴寧問：「也許你中途到什麼地方去過嗎？」

杜德洛看看賴寧說：「你這話是什麼意思？」

賴寧說：「烏貝爾夫人母女倆既然瞧不見你，你到別的地方去，像蘇來納之類的地方也行呀！」

杜德洛尷尬地說：「蘇來納太遠啊！」

賴寧說：「貴友亞克的車子可借用，路程就不算遠了。」

杜德洛咬牙道：「他竟得寸進尺了！這豬頭！……」

賴寧上前一步，手搭在杜德洛的肩頭，說：

「杜德洛，你不用裝傻了，有兩點確鑿不移的鐵證在此。第一，你知道伊隆家中藏著一筆鉅款；第二，你知道那天亞克有病留在家裡。你想到機會難得，便趁著看電影時溜了出來，騎了亞克的車子，趕到蘇來納殺死伊隆，取了六萬法郎的紙幣，在自己房裡藏好，到五點鐘時，才回電影院，去接烏貝爾夫人母女倆。」

杜德洛冷嘲熱諷地聽著，時時飛眼向馬力沙，好像說：「我們別理會這瘋子吧！」

等賴寧說完，他笑起來說：「鄰人們親眼看見亞克坐了車子往返，難道這是我的化身？」

賴寧說：「的確是你，只是你穿了亞克的衣服罷了。」

杜德洛又問：「伊隆家廚房裡的酒瓶指印，也是我留下的嗎？」

賴寧說：「那是亞克在家中午餐時喝的，你把酒瓶帶到伊隆家中，嫁禍給他，好坐實他的罪名。」

杜德洛一味開玩笑的樣子，笑著說：「真好笑，照你的話，是我存心要使亞克蒙受不白之冤囉？」

賴寧說：「你的目的，在使自己不受嫌疑。」

杜德洛說：「你可知道亞克跟我是兒時玩伴，一向十分投契的？」

賴寧說：「因為你愛著他的夫人，便顧不到老友的交情了。」

杜德洛直跳起來，指斥賴寧說：「你敢……你敢用這種話侮辱我！」

賴寧說：「這不是胡說，我有證據。」

杜德洛說：「你得知道，我一向很敬重烏貝爾夫人的。」

賴寧說：「自然，你不但敬重她，而且還很愛她，好在我有證據，且別談這個吧！」

杜德洛說：「你跟我見面不過幾小時，怎可這樣信口開河！」

賴寧說：「不瞞你說，我已注意你好幾天了，現在得到結果，怎肯放過你呢！」

他握住杜德洛的雙肩搖晃著，大聲說：

「杜德洛，算了吧！一切證據都在我手裡，還有證人，等一會到警視廳的偵探部去，看你可抵賴得過，還不如現在就招了吧！我知道你心中愧疚，也痛苦得很。你原來的意思是，嫁禍給他，他至多被判終身監禁，誰知竟是死刑；那時你在餐館中看了報紙，想到亞克就要上斷頭臺去，猶如當頭一棒，因而舉止失措，因你知道，亞克明明是無辜的，明天就要行刑了，你還是招供了吧！不但救了亞克，也許可以救你自己。」

賴寧閃動著眼光看著杜德洛，杜德洛卻挺身不屈，冷然說：「先生，你病了，你所說的全是胡說！你指斥我的罪狀，都是侮蔑之詞！請問你能夠在我房間裡找出紙幣來嗎？」

賴寧冷聲道：「你還嘴硬，待會兒看我怎樣收拾你！」又將馬力沙拉到一旁，問：「你聽了我的話認為怎樣？他難道不是一個奸詐的惡徒嗎？」

馬力沙說：「也許有理，可是我們沒有真憑實據呀！」

賴寧忙說：「等會兒我們就到警視廳去見杜道愛部長吧！」

馬力沙說：「好的，部長下午三點鐘總會在廳中的。」

奧丹絲挨近賴寧，低聲問他：「你有把握嗎？」

賴寧點點頭說：「我有把握，但案情卻仍無進展，跟開頭時一樣。」

奧丹絲說：「這很不妥當，你所說的證據在哪裡？」

賴寧說：「其實並沒有證據，這惡徒絲毫不肯吐露半點。」

奧丹絲說：「凶手不會是別人嗎？」

賴寧說：「一定是他，這是無庸置疑的，我一直仔細觀察他，愈相信自己推測得沒錯。」

奧丹絲說：「你怎知道他愛著烏貝爾夫人呢？」

賴寧低聲說：「想來一定是這樣的，可是現在我們只有空洞的理論，要藉此推翻一件鐵案極難。如果找不到紙幣，杜道愛要笑我也無所謂，只要找到紙幣，才能使他心服。」

奧丹絲不安地問：「你想怎樣找法呢？」

賴寧默默地在屋中踱了幾步，勉強裝出樂觀的神情，揮著手向馬力沙說：「馬力沙，想來部長已經到警視廳了，我們就去交代這事吧！——杜德洛先生，你可肯同去嗎？」

「自然去啊！」杜德洛乾脆地回答。

賴寧正想開門出去，突然外面傳來一陣喧鬧和急促的腳步聲，公寓賬房急忙飛奔進來，喘著氣說：「杜德洛先生在這裡嗎？——杜德洛先生，你房裡著火了，廣場中有人望見來喊的，快呀！」

杜德洛聽見這話，得意的神情在他臉上一瞥，雖然消失得很快，早被賴寧瞧破。

賴寧忙說：「你這惡徒，你想燒毀這些紙幣，所以在房中放了這把火，好大膽！」他挺身站在門口，不讓杜德洛出去。

杜德洛嚷著：「快讓開！我房子失火了，別人沒有鑰匙，不能夠進去滅火。」

賴寧一把抓住他，奪過鑰匙說：「且慢，識相的話，還是別動彈吧！——馬力沙先生，請你吩咐兩位偵探看守著他，別讓他逃走。」

他飛奔上五樓去，奧丹絲和馬力沙緊跟在後面。

馬力沙一邊走，一邊說：「賴寧親王，他一直跟我們在一起，怎能上樓放火，恐怕是別人放的吧。」

賴寧說：「他是預先放下火種的。」

馬力沙不信地說：「我問你他怎樣放火種呀？」

賴寧說：「這個我怎麼知道！然而不早不晚，正是現在在他的房中起了火，這個就可疑了。」

公寓中的侍者正集中在五樓，把門敲得擂鼓似的響，想破門直入。

賴寧分開人叢上前，喊著：「朋友們，別慌！我帶鑰匙來了！」

他立刻開了門，門打開，一陣焦臭的濃煙捲了出來，煙散後，卻不見什麼火光，顯然已經熄滅了。

賴寧便請馬力沙鎖上房門，不讓旁人進來，免得有礙偵查。接著，他三步併作兩步，趕到起居室裡，那裡的木器、牆壁和天花板雖已薰黑，卻未燒焦，原來起火的不過是些紙件，此刻還在燃燒。

賴寧打著自己的頭，恨恨地說：「燒掉的是一隻帽盒，這帽盒是用硬紙板製成的，放在窗前桌上，裡面藏著紙幣，方才我們偏不曾注意到那個帽盒！」

馬力沙說：「我想是不會的。」

賴寧說：「我們尋找東西，往往不從大處著眼，偏鑽入牛角尖去；我想一個賊兒偷了六萬法郎的紙幣，誰想得到他會放入帽盒裡！他進來時，還很鎮靜地脫下帽子放好。好一個能手，他的本領總算到家，我們尋遍了這個房間，卻忘了去看眼前的帽盒！」

馬力沙還固執地說：「我不相信，我們跟他在一起，他怎樣抽身來放火？」

賴寧說：「他可以事先防備呀，我想那帽盒，盒中的薄紙紙幣，一定都浸過什麼容易著火的流質，趁我們出來時，他就丟一支火柴在盒中也說不定。」

馬力沙說：「他如果有這樣的舉動，一定逃不過我們的眼睛。而且一個人為了六萬鉅款才動手殺人，豈肯放火燒掉？他藏錢的地方又很妥善，我們萬萬找不到，他又何以放火燒毀呢？」

賴寧說：「馬力沙先生，你要知道他已經嚇昏，殺人越貨這是生命攸關的事。盒中唯一的證據，就是這些紙幣，把它們燒毀，什麼都不必擔心，他為了保住腦袋，也就顧不得這六萬法郎了。」

馬力沙驚異地說：「你說盒中唯一的證據，就是這些紙幣嗎？」

賴寧說：「不錯！」

馬力沙問：「方才你不是說還有證據和證人嗎？不是又說見了杜道愛部長再說嗎？」

賴寧說：「這不過是先聲奪人的手段罷了。」

馬力沙很不高興地說：「你倒是一位行家！」

賴寧並不理睬，俯身撥動餘燼，既不見什麼紙片，也沒有紙片的殘角，不禁說：「怪呀，沒有什麼東西，那麼他怎樣放這把火呢？」

他靜默了一下，才露出微笑說：「好聰明的杜德洛先生！看他燒毀紙幣的方法，乾淨得絕不沾泥帶水，我也不得不稱讚他一聲。」

接著，賴寧向隔房取過一柄掃帚，掃去了一部分灰燼，一面取過一個同樣的帽盒，把些薄紙放在裡面，用火柴燃著，等到薄紙快燒完，帽盒還剩一些，他就撲滅火焰，往自己衣袋中掏出幾張紙幣，藏在盒底灰燼中。

便對馬力沙說：「馬力沙先生，這是最後關鍵，請你助我一臂，快去跟杜德洛說：『你的計畫失敗了，紙幣並沒有燒毀，快跟我去看。』你就帶他到這裡來吧！」

賴寧吩咐完畢，馬力沙半信半疑地走了出去。

賴寧返身問奧丹絲：「你可明白我的計畫嗎？」

奧丹絲說：「我雖明白，卻替你捏一把冷汗，不知杜德洛是否會上你的圈套呢？」

賴寧說：「意外的打擊也許會使他失措，這要看他的精神和作惡的程度來斷定。」

奧丹絲的心起伏得很厲害，她想到這正是千鈞一髮的時刻，要是賴寧的判斷錯誤，或者他的運氣不濟，無辜的亞克・烏貝爾將不免一死。

她十分好奇賴寧見了杜德洛，會使些什麼手段？杜德洛又會怎樣幫自己開脫？

這時，樓梯上起了一陣腳步聲，十分急促。賴寧留神諦聽，等腳步聲漸近，他便趕到門口喊著：「趕快呀！我們好結束這件事了。」

馬立沙當頭，後面跟著杜德洛，兩個偵探，幾個侍僕，一起跨進房裡。

賴寧一把握住杜德洛的手，很高興地說：「好朋友，你利用桌子和水瓶做出這件妙事來，你的手段真不壞！可惜並沒有完全燒毀，露出破綻來了。」

杜德洛囁嚅地說：「我聽不懂你的話。」

賴寧說：「我說那把神秘的火只把薄紙和帽盒燒掉了一半，其中雖有幾張紙幣成為灰燼，底部卻還留存幾張。老實對你說，這些沒搜到的紙幣，是盒中唯一證據，你把它藏在帽匣裡還恐不妥，想放一把火來燒毀，誰知天網恢恢，疏而不漏，這是燒剩的紙錢，你來瞧吧！」

杜德洛聽了，全身一震，瞧也不瞧那紙幣，便倒在一把椅子裡，眼淚也掉了下來。

賴寧得意洋洋地說：「默認了，好呀，這是自來水筆，快寫下你的供狀。——你這最後一招滅贓的法子雖然失敗，我卻不得不佩服你的聰明，你想到只要毀了紙幣，犯罪的證據消失，就捉不到你的把柄。你取出那個圓形

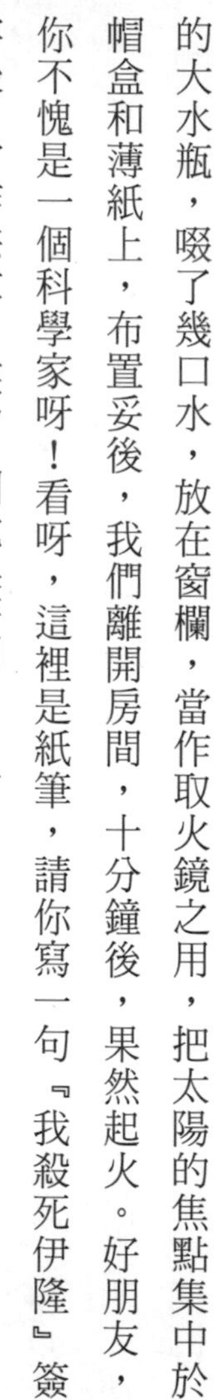

的大水瓶，啜了幾口水，放在窗欄，當作取火鏡之用，把太陽的焦點集中於帽盒和薄紙上，布置妥後，我們離開房間，十分鐘後，果然起火。好朋友，你不愧是一個科學家呀！看呀，這裡是紙筆，請你寫一句『我殺死伊隆』簽字後，當作供狀，快寫，別耽誤時間了！」

賴寧站在杜德洛的旁邊，握住他的手，口中唸著那句話，逼他寫上去。

杜德洛知道大勢已去，只好俯首聽命地寫了。

賴寧拿了那紙條，轉身給馬力沙：「偵探長先生，這是杜德洛的親筆供狀，可以上呈杜道愛部長。」又對幾個看熱鬧的侍役們說：「麻煩你們，讓我充當證人，相信你們會願意吧？」

這時杜德洛頹喪地坐在那裡，呆若木雞，賴寧便去拍拍他的肩膀，很高興地說：「好朋友，你已經寫了親筆供狀，我不妨告訴你，你又上當了。其實你那個帽盒和藏著的紙幣全已燒毀；這帽盒是隔室中取過來的，紙幣也是我的，好藉此誘你入圈套，誰知你絲毫沒有起疑，終於親筆寫下供狀，這裡還有幾位證人。杜德洛，你究竟還是一頭笨豬！我們再見吧！」

賴寧跟奧丹絲相偕出來，請她坐入他的汽車裡，去看烏貝爾夫人，報告喜訊並安慰她。

奧丹絲問他：

「你到哪裡去呀？」

賴寧說：「我的約會很多，還得去履行呢！」

奧丹絲臨別依依，緊緊握住賴寧的手，想說讚美他的話，怎奈一時卻說不出什麼話。

她想到賴寧這次救了一個無辜的人的性命，不覺大受感動，媚眼中閃動著盈盈淚光。

賴寧低著頭，柔聲說：「你的獎勵，使我覺得此番努力沒有白費了！」

三　誰的兒子

那天，在華斯孟蔭路，賴寧親王的寓所裡，奧丹絲帶了她的女友伊妮芙・艾野來訪賴寧。

伊妮芙身段窈窕，是一個美麗的女郎，可是雙眉緊鎖，露出憂悶的神色。

奧丹絲向賴寧介紹她後，她便對賴寧說：

「先生，那時我跟著家父在尼斯城度復活節，認識了伊鴻・路易・狄勃……」

賴寧突然插嘴說：「對不起，小姐，你方才不是說那青年叫伊鴻・路易・福勞嗎？」

伊妮芙說：「是啊，這也是他的姓。」

賴寧接著問：「那麼他有兩個姓氏嗎？」

伊妮芙顯得侷促地說：「我也不大明白，我原是接受奧丹絲的勸告，來求你的幫助。」

奧丹絲便向伊妮芙說：「你得相信我，伊妮芙，賴寧一定會替你解決困難的。——賴寧，是嗎？」

賴寧微笑一下，向伊妮芙說：「小姐，請你再繼續說下去吧！」

伊妮芙說：「之前我遵照家父的意思，許配給一個我所不愛的男子，我心中常覺悶悶不樂。自從我跟伊鴻認識以後，因而發生了友誼，再由友誼變為深切的愛情。伊鴻跟著他的母親和姨母住在鄉間，等我回到巴黎，他也來了，在我家附近租了房子，於是我們可以朝夕相見，就訂了婚。我便把這事告訴家父。

「我父親卻說：『這孩子我不大喜歡，但我尊重你的意思，且喚他來，當我的面求婚，如果他不來，那麼你還是嫁給我為你選中的那個人吧！』

「六月中旬，伊鴻回鄉去，跟母親和姨母商量，他那動人的情書接連不斷地寄給我。突然他寄來了最後一封信，上面寫道：

『我們的幸福正在眼前，然而重重荊棘阻住了我的去路，我究竟是弱者，放棄了奮鬥的決心。我為這個而痛苦，簡直要瘋狂了。但我愛你的心，海枯石爛，永遠不變。愛人呀，請你饒恕我！』

「從此，伊鴻的消息如石沉大海，我給他寫信和電報，他都沒有回音。」

賴寧說：「也許他愛上了別的小姐，早有了婚約，不能擺脫，所以這樣寫著。」

伊妮芙搖頭說：「先生，如果單單是這些瑣事，我也不敢來麻煩你。但是其中卻有著複雜和神秘的內幕。我總覺得伊鴻一定有什麼隱情強逼著他，使他窮於應付。從我們初次邂逅時，我就看到他常面帶憂容，後來我們在笑談歡唱的時候，他也不時露出煩惱的樣子。」

賴寧說：「也許他有什麼事，使你更覺得他很奇怪；比如，他不是有兩個姓氏嗎？」

伊妮芙說：「不錯，這就是很奇怪的一點。」

賴寧說：「他跟你認識時，用的是什麼姓氏？」

伊妮芙說：「伊鴻・路易・狄勃。」

賴寧說：「還有伊鴻・路易・福勞這名字，又是誰稱呼的呢？……」

伊妮芙說：「他父親這樣稱呼他。」

賴寧說：「這又是為什麼呢？」

伊妮芙說：「我們在尼斯城有一位朋友，介紹他跟我父親見面，就用福勞這姓氏。聽說他身上帶的名片，也分兩個姓氏。」

賴寧問：「你可問過他，這是什麼緣故？」

伊妮芙說：「曾經有過兩次，我向他表示疑問。第一次他回答我，他生母姓狄勃，姨母姓福勞；第二次他的回答卻和第一次相反，說他生母姓福勞，姨母姓狄勃。我說他前後說詞不符，窘得他漲紅了臉，我為避免他難堪，也就不再提了。」

賴寧說：「他住的鄉下距離巴黎有多遠？」

伊妮芙說：「他在勃立奈頓的迪瑟文大廈，離開加海鎮約五里。」

賴寧站起身來，懇切地問她：「小姐，你確信伊鴻是深愛著你嗎？」

伊妮芙說：「是的。我知道他深愛著我，我也覺得只有他才可跟我做終身伴侶。要是他在這一星期內，不能履約到家父面前來向我求婚，我已答應家父，委身於那個我所不愛的男子了，現在我是多麼的痛苦啊！」

賴寧說：「你放心吧！今晚我同奧丹絲女士到加海鎮去一趟，設法替你解決這件事。」

這晚，賴寧偕奧丹絲，同搭夜車前往勃立奈頓。

次晨十時，他們到了加海鎮，吃完午飯，已經十二點半，雇了汽車，向迪瑟文大廈前駛去。

賴寧扶著奧丹絲下車，笑著對她說：「親愛的，你的臉色似乎有點異樣。」

奧丹絲說：「不知怎的，我在替伊妮芙擔憂，她跟我是極要好的朋友呢！」

賴寧和奧丹絲打量門口的情形，看見除了中央的園門外，旁邊還有兩扇小門，一邊掛著「狄勃夫人寓」的銅牌，一邊掛著「福勞夫人寓」的銅牌。兩扇小門裡面，各是矮樹夾道的小徑，和中間的綠蔭路平行。

綠蔭路的末端，是一座古雅的住宅！住宅的左右翼，各添造一間屋子，正在兩條小徑的盡頭。看來那位狄勃夫人是住在左屋中，福勞夫人是住在右屋中。

奧丹絲跟著賴寧走進中間的園門，看見園裡的景色倒是不錯，玫瑰吐葩，綠樹籠蔭。

他們無心欣賞景色，只聽得屋中有一陣尖銳急促的聲音，由下層窗口發出。

奧丹絲說：「我們不經通報就進去，似乎有點不好。」

賴寧低聲說：「不用拘束這些俗禮吧！我們偷聽屋中人發生的口角，也許可以發現什麼秘密呢！」

接著，他們到了那窗口，就著玫瑰花叢的掩映中向內一望，見裡面是一間餐廳，剛用過飯，桌上還沒收拾乾淨。屋裡有兩個老婦人，握著拳，提高著嗓門，在那裡吵架。

在餐桌最遠的一頭，一個青年坐在椅裡吸菸看報，對兩個老婦人的口角，好像充耳不聞，這個青年大概就是伊鴻了。

再看那兩個老婦人，一個是瘦長個子，穿著紫色綢衣，捲髮像鴉巢似的堆在頭頂；一個身材又瘦又短，穿著一件便服，臉上浮現著怒容。

她向那第一個老婦人嚷著：「你這惡婆子，是一個賊！」

第一個老婦人也怒聲說：「你竟敢罵我是賊?!」

第二個說：「十法郎買一隻鴨，這不是賊嗎？」

第一個說：「你才是呢！誰從我的妝桌中偷去了五十法郎的紙幣？天呀，我竟然跟這種惡婦住在一起，真是我的不幸！」

第二個婦人直跳起來，對那青年說：「伊鴻！你倒安坐著看報，讓你那狄勃家的淫婦多方排詆我。」

第一個老婦人也對那青年說：「路易，你聽呀，什麼淫毒婦，請看著你福勞家的人，正像一個下流的女招待。路易，你能夠叫她閉嘴嗎？」

那青年直跳起身，猛的拍了一下餐桌，震得桌上碗盤也跳起來，大聲說：「你們兩個瘋婆子，都安靜下來吧！」

兩個老婆子立刻轉移目標，七嘴八舌地罵著那青年：「懦夫！偽君子！騙子！淫婦的兒子，自然不會有好種！」

那青年被罵得受不住，只好掩住耳朵，仍舊坐下，他咬牙切齒，好藉此洩憤。

賴寧見了，低聲對奧丹絲說：「現在我們進去吧！」

奧丹絲說：「他們正在口角，我們闖進去，不是有所不便嗎？」

賴寧說：「趁他們未揭去假面具前，我們正可以看個清楚呀！」

他說完，推開了門，大踏步走到屋裡，奧丹絲只好跟在他的後面。

屋裡三人，一見這兩個不速之客，不覺一呆。兩個老婦人立刻噤聲，只因為生氣至極，身子還微微地打顫。

伊鴻・路易蒼白著臉，起身相迎。

賴寧便開口說：「我是賴寧親王，這位是奧丹絲女士，我們是伊妮芙小姐的朋友，今天她託我們帶一封信來給你。」

伊鴻・路易正在侷促不安的時候，一聽到伊妮芙的名字，更露出難堪的臉色，不知如何回答，便介紹兩個老婦人說：「這位是我的母親狄勃夫人，這位也是我的母親福勞夫人。」

賴寧不說話。行過禮後，退在一旁。

奧丹絲更形侷促，不知道先跟哪一個老婦人握手。幸好賴寧從身邊拿出伊妮芙的信交給伊鴻•路易，那兩個老婦人上來搶信，才免過了握手禮。

好一個伊鴻•路易，接過了信，先牽住狄勃夫人，推到左面的小門中去，再牽帶福勞夫人，推到右面的小門中去。打發了她們，才拆開那封信，低聲唸出來：

伊鴻．路易，再遲一個星期，我將被逼委身於人；我的好友，求你快快來救我！賴寧親王和奧丹絲定能助你排除障礙，你盡可信任他們。

你摯愛的伊妮芙上。

再看那個伊鴻•路易，面容淺黑帶著深沉的憂悶，一對眼睛裡，像有著無限的痛苦。

他讀過了信，輕聲地把伊妮芙的名字唸了好幾遍，又茫然四顧，想說什麼話，又好像無從說起似的，他看到賴寧和奧丹絲突然來到，顯然很是驚慌失措。

賴寧從容地說：「先生，我們兩個是伊妮芙的好友，你儘管把心中的話告訴我們；你肯信任我們，對你一定有不小的幫助。」

伊鴻・路易才說：「先生，方才我們的口角，想必已被你們聽見，我也不敢再隱瞞。我天天過的是這種生活，不妨把我的秘密告訴你們，好轉讓伊妮芙知道，我為什麼辜負了她，不能跟她結婚的原因。」

他先請奧丹絲坐下，接著自己和賴寧相對坐下，慢慢地說：

「先生，我的話如果有什麼荒謬之處，請你別見笑；這樣荒謬的事不知道上帝是怎樣安排的，也許小說中才有呢！話說二十七年前，這座迪瑟文大廈，屋主是一位老醫師，老醫師想賺錢，便把大廈改成療養院。

「那一年狄勃夫人在此避暑養病，她的丈夫是勃立頓人，是商船船長。第二年夏季，福勞夫人也來此療養，她的丈夫在外經商。這兩位夫人素昧平生，事有湊巧，這兩位婦人都守了寡，同時都懷著孕，希望有一個遺腹子。她們因為在家分娩不便，便請求老醫師允許來此分娩。老醫師果然答應。

「這兩位夫人到了這裡，老醫師給她們布置了兩個小小的臥房，又雇了一名看護，日夜伺候。兩位夫人忙著準備孩子的服裝，暗想產下的一定是個男孩，先取好了名字，一個叫伊鴻，一個叫路易。

「那一夜，老醫師應了某處急診，帶著男僕，駕了馬車出去，預備留在病家。家中的女僕見主人出門，便溜出去跟情人幽會，屋中只剩兩位夫人和看護蒲茜小姐。到了夜半，狄勃夫人忽然感到陣痛，好在蒲茜小姐受過助產訓練，便準備接生，誰知過了一小時，福勞夫人的腹痛也開始了，兩邊房裡充滿了痛苦的呻吟聲。

「可憐蒲茜小姐分身乏術，她奔走不迭，有時開窗喚老醫師，有時跪下來求告上帝。結果是福勞夫人先分娩，產下一個男孩；蒲茜小姐接生後，忙把嬰孩抱到房中洗沐乾淨，放在搖籃中，嬰孩在亂叫亂哭；那邊房中，狄勃夫人在呻吟喊痛，這邊房中，福勞夫人又疲倦又害怕，暈了過去，慌得那位蒲茜小姐手忙腳亂。

「這時，幾間房裡黑暗異常，那盞燈因為僕人不曾加油，搖搖欲滅，蠟燭也找不到；窗外風聲低吼，夜梟慘鳴，很是陰森，蒲茜小姐膽戰心驚，幾乎受不了。直到次晨五點鐘，狄勃夫人產下一個男嬰。蒲茜小姐因為要照顧那邊，只好仍舊抱到中間房裡，給嬰孩洗沐穿衣，同樣放在搖籃裡。

「這邊福勞夫人醒過來喚著蒲茜小姐，她才剛去，那邊的狄勃夫人又暈過去了。把蒲茜小姐忙得如石磨般團團轉，為了安撫兩邊產婦。她精疲力竭，幾乎倒在地板上。好不容易定下神，她回來瞧那兩個嬰孩，突然驚慌失措。兩個嬰孩肩並肩的在搖籃裡，包著的被子是一樣的，哪一個是路易・狄勃，哪一個是伊鴻・福勞，誰也分不出來，這可糟了！

「更糟的是，蒲茜小姐發現其中一個嬰孩，呼吸停止，手腳冰冷，不知道在什麼時候這小生命已夭折了。天呀，死的到底是哪一位夫人的嬰孩呢？」

「不久，老醫師回來，只見蒲茜小姐來回穿梭，從這間房間趕到那間房，哀求兩個產婦的原諒。這個留下來的嬰孩就是我。她抱著我給這個產婦看看，又去給那個產婦看看；她們想親吻我，卻又把我推開。

「我究竟是狄勃夫人和已故商船船長的兒子呢？還是福勞夫人和已故旅行商人的嫡裔？這個問題誰也解決不了，大家又驚又恐，手足無措。結果由老醫師從中調停，提出折衷辦法，勸兩位夫人把我當作共有的兒子；我是路易・狄勃，同時也是伊鴻・福勞。但她們全反對我有兩個姓氏，我只好用伊鴻・路易的名字去註冊，做了個不知爺娘姓名的兒子，抱憾終生。」

伊鴻・路易說了這一大篇話，賴寧只是靜靜聽著，奧丹絲不禁失笑，忙告罪說：「對不起，先生，我實在太失禮了。」

伊鴻・路易並不生氣，柔聲說：「小姐，沒有關係，這事情原是十分荒謬；然而我設身處地，心中的苦痛，實有啼笑皆非之感。小姐可能瞧到，這正是人間的慘事。兩個婦人，一方面相信自己是我的母親，一方面又懷疑自己；她們既相信我是自己的骨肉，卻又疑心不是。她們因為愛我，兩方生出了深深的妒忌之心，久而久之，變成切齒的深仇。她們習慣不同，個性各異，但我好像一條鏈條，硬生生牽住她們。

「我從襁褓時代起，便在她們的仇恨中逐漸長大。幼年時，有時需要母親的慈愛；但我跟這個母親一要好，那個母親就要鬧翻了，結果更使我痛苦。老醫師死後，她們合買了這所大廈，左右添造兩翼，各自居住，我住在中間，天天夾在她們的中間，簡直像生活在人間地獄一樣。」

奧丹絲忍住笑，正容說：「你索性丟開她們獨自走吧！」

伊鴻・路易說：

「為難的是兩個婦人中，的確有著我的親生母親，我不可能決然拋棄，因此我們三人在半信半疑中度日，好像戴上痛苦的桎梏，只希望終有一天能水落石出，於是我們在互相侮辱、互相仇恨中度過無聊的歲月。

「我曾幾次想獨自離開，到很遠的地方，但我終究是個弱者，無法掙脫家庭的束縛。今年夏天，我跟伊妮芙發生愛情，我便向她們請求，答允我和她結婚。然而她們更不願再有第三人愛我，力持反對，我只好作罷。我為伊芙妮設想，要是她果真來了，在兩個婆婆下做媳婦，天呀，叫她怎受得了這樣的委屈！」

他的語氣十分堅決，好像不該誤了他愛人的一生似的，但是在賴寧和奧丹絲看來，這個青年確實是個弱者，他從小在人間地獄一樣的環境裡，忍受著種種痛苦，既不肯下決心跳出這牢籠，就是在訂為終身伴侶的愛人之前也不敢道破，結果反增加了重重疑雲。

有時他雖然良心發現，但一回到屋裡，又懦弱的不敢抬起頭了。

接著伊鴻・路易坐到書桌前，很快的提筆寫了一封信，摺好交給賴寧說：「先生，敬煩把這回信交給伊妮芙小姐，代我向她道罪。先生可代勞嗎？」

賴寧沒有動靜，也不接信，伊鴻・路易便把信放在賴寧手裡，賴寧拿著，突然撕成兩半。

伊鴻・路易失聲道：「你這是做什麼？」

賴寧說：「我可不樂意幫你遞這封回信。」

伊鴻・路易問：「為什麼呢？」

賴寧說：「你跟我們一起走。——明天你得親自到伊妮芙小姐的家裡向她求婚，這是我的意思。」

伊鴻・路易看著賴寧，默不作聲，大概他以為賴寧很傻，自己都這樣決定了，他還那樣不知趣。

這時，奧丹絲站起身來，走到賴寧的面前問：「你為什麼要那樣主張呢？」

賴寧說：「這事只有我的主張算是最恰當的。」

奧丹絲說：「但是你的理由呢？」

賴寧說：「請這位先生幫我探查明白。這是我所持的唯一理由。」

伊鴻・路易問：「為什麼要探查明白呢？」

賴寧說：「我要證明你的話有不對的地方。」

伊鴻・路易有點不大高興，說：「先生，我直言無隱，自信沒有不對的地方。」

賴寧忙道：「先生，你的話原是十分確實，但是實情卻未必如此。」

伊鴻・路易不解道：「談到實情，我都知道啦！」

賴寧說：「你誕生那夜的事，你是長大後才知道的，怎麼比我知道得多呢？就是兩位老夫人，也可說沒有真憑實據呀！」

伊鴻・路易焦躁的說：「什麼憑據啊？」

賴寧說：「兩個嬰孩放在一隻搖籃裡，不能辨別，這事可有確實的憑據嗎？」

伊鴻・路易說：「自然，兩個嬰孩既然沒有特別的標識，怎能辨別？那看護婦正在手忙腳亂，頭昏眼花，又怎能……」

「也許這是她的推託之詞。」賴寧立刻打斷他的話。

伊鴻・路易說：「你竟指斥她的罪，說這是她的推託之詞嗎？」

賴寧說：「我並不指斥她什麼。」

伊鴻・路易質疑道：「你說她撒謊，不是指斥她的罪嗎？我想她即使撒謊，對她亦毫無好處，這個跟她並沒有利害關係呀！當時兩位夫人都對她仔細盤問過，她哭泣求饒，這樣子絕不會是假裝的。」

兩個老婦人已在門後偷聽到這話，便一起走進屋中，對賴寧說：「不會的，我們幾度盤問她，她的確是說認不出來，她為什麼要騙我們呢？」

伊鴻・路易也接口說：「是的，先生，這件確實的事情，你現在卻加以懷疑，有什麼理由呢？」

賴寧的手指輕叩著桌子，高聲說：

「世界上可有這樣湊巧的事嗎？那一晚，老醫師、男僕、女僕會同時出去？那兩位夫人偏在同時陣痛，先後在那一夜中分娩？這樣的事已經很稀有了，即使燈火欲滅，蠟燭點完，但那慣於助產的看護婦，竟會把兩個孩子搞混，無法辨別，這話叫誰相信？

「任是她忙得頭昏眼花，精疲力竭，可是她放置兩個嬰孩的時候，總記得這個放在這頭，另一個放在那一頭；即使並頭安放，也總有左右可記；就算包紮的襁褓完全一樣，至少總有些微的不同，好叫那個看護婦記起誰是這個夫人的，誰是那個夫人的，因此說分不清楚的話，很難叫我相信。這樣的事，只是小說裡大好的題材，然而在現實的世界中，一切事實總有依據，才可以算頭頭是道，所以我說看護婦蒲茜小姐的話一定不是真相。」

賴寧的態度既堅決又充分，彷彿他目睹那夜的事，滔滔敘述出來。

這一篇話打動了伊鴻・路易和兩個老婦人的心，她們又驚又喜，急忙問道：「那麼這內幕她或許知道……你認為她會告訴我們嗎……」

賴寧說：「真相究竟如何，我此刻也無從臆測。但是蒲茜小姐所說的話，離奇的實在不能夠成立，我很確定其中一定另有隱情，就因為這緣故，害你們三個人一直在痛苦中度日。」

伊鴻・路易斷聲說：「好在蒲茜小姐還在世上……她就住在加海鎮，我們不妨去請她過來，一解多年的疑團。」

奧丹絲忙說：「好呀，我可以讓你們坐了汽車去接她同來，她的住所在什麼地方？」

伊鴻・路易說：「她住在加海鎮一家小織物店中，到了那裡，問起蒲茜小姐，誰都會指點你的。」

在奧丹絲臨行前，賴寧吩咐她：「你見了她，且不要提起來意，免得她事先有準備。」

賴寧背著手在屋中踱來踱去，屋中的陳設十分藝術化，倒很合乎伊鴻・路易的身分，一些木器幽雅可愛，配著美麗的壁衣，整齊的書架，細膩的擺設，更加漂亮了。

賴寧再從左右兩邊的小門裡窺看兩個老婦人的房間，就庸俗得多了。他又走近伊鴻・路易，低聲問：「她們倆手頭都寬裕嗎？」

伊鴻・路易說：「生活是沒有問題的。」

賴寧問：「那麼你呢？」

伊鴻・路易說：「她們預備把這大廈前附近的地產讓我繼承，我既能自立，生活也可安度。」

賴寧又問：「她們倆可有親戚嗎？」

伊鴻・路易說：「她們都有姊妹，她們也有意願去跟姊妹同居，但是這樣，我……」

這時汽車到了門前，兩個老婦人都跳了起來，賴寧忙說：「你們別說話，讓我來盤問她；我如果說什麼話，請你們也別做聲，對這樣的人，須得用話來恐嚇她。」他又從齒縫中迸出一句話來：

「應該趁她不注意時嚇她一下。」

汽車繞過草地，停在長窗外，奧丹絲先下車，接著扶著一個老婦下車，那老婦不用說就是看護蒲茜小姐；她戴著一頂亞麻布的軟帽，穿著黑天鵝絨的上衣和多襟的長裙。

她發現到了這裡，露出一點失措的樣子，顫顫兢兢地跟著奧丹絲走到室中，向兩個老婦人道了聲好。

兩個老婦人微應一下，沒說什麼。

賴寧威嚴地走到她的跟前，厲聲說：「我是巴黎警視廳派來的，預備查明二十七年前的那件秘事。我已尋得證據，發現那張生產證書並不正確，因而你必須背負偽造文書的罪名。我得帶你到巴黎去，到法庭上受審；但若你從實招供，你的罪名便不成立，可以回去銷案。」

老婦蒲茜小姐聽了這幾句話，經不起賴寧的恐嚇，面容失色，全身也戰慄著。

賴寧逼緊一步問：「你預備從實回答我嗎？」

蒲茜小姐顫聲說：「我從實說吧！」

賴寧催促說：「請你快一點，我在等解決了事情，好乘火車回巴黎去。如果你再遲疑下去，我不耐煩多候，只好帶你同往巴黎。你可決定從實招供了嗎？」

蒲茜小姐點頭說：「決定了。」

賴寧一手指著伊鴻•路易，問她：「這位先生究竟是誰的兒子？可是狄勃夫人的嗎？」

「不是。」蒲茜小姐堅決的回答。

賴寧接著問：「可是福勞夫人的兒子嗎？」

蒲茜小姐搖頭說：「也不是。」

這兩句答話，簡直像晴天霹靂，使全屋子的人吃驚到做聲不得。

賴寧看了看表，大聲向她說：「那麼你快說個明白呀！」

蒲茜小姐好像在懺悔她的罪行，跪在地上，用低沉重濁的聲音，緩緩地說：「那一晚，有一個紳士到此，他帶著一個新生的嬰孩，用毯子裹著，想請老醫師撫養。你們已經知道那晚老醫師出診去了，那位紳士整整等候了一夜，才幹下這件秘事。」

賴寧問：「他幹了什麼，你把那晚的情形，詳細招來吧！」

蒲茜小姐說：「其實那晚兩個孩子全死了，狄勃夫人和福勞夫人產後昏迷，什麼都不知道，我也不便去說破。

「那紳士在旁，看到這情形，便說：『這正是我應盡的責任了，不如就把我這孩子代替其中一個死嬰，讓我的親生兒子往後也有依靠，不致成為孤兒。』

「那紳士勸我樂得行了這善事，並答應給我一大筆錢；我見有這許多錢到手，反正於己無損，於人又有利。但唯一困難的問題，是把這孩子當作路易・狄勃呢？還是伊鴻・福勞好呢？

「那紳士沉吟了一會兒說：『乾脆不要分清楚吧！』

「他又把應該說的話教給我，我一邊答應著，一邊把紳士帶來的嬰兒，照死嬰的樣子穿上襁褓，放在搖籃裡。那紳士用毯子裹了一個死嬰，在外面黑暗的道路中消失了。」

她說到這裡，懺悔不該鑄此大錯，低頭哭泣起來。

賴寧說：「你所說的話，正跟我的推測相同。」

蒲茜小姐說：「我可以置身事外嗎？」

賴寧說：「可以的。」

蒲茜小姐又問：「這件事不致宣揚到外面去吧？」

賴寧說：「嗯。還有一個要緊的問題，你可知道那紳士的姓名嗎？」

蒲茜小姐說：「他那夜沒有提起。」

賴寧又問：「你以後可曾碰到過他嗎？」

蒲茜小姐說：「以後我從不曾瞧見過。」

賴寧說：「你可還有什麼話？」

蒲茜小姐說：「沒有了。」

賴寧再問：「我把你方才所說的話錄下，你能夠簽個字嗎？」

蒲茜小姐說：「當然可以。」

賴寧說：「那麼我在這幾天內準備辦吧，你不得把這些事洩露給旁人知道。」

他說著，送蒲茜小姐出了門，隨手把門掩上。

等他返身時，只見伊鴻・路易站在狄勃夫人和福勞夫人中間，三個人握著手，二十七年來的妒嫉、仇恨、誤解，似乎在這一剎那間煙消雲散了。

他們默默地站著，像是在考慮什麼。

賴寧向奧丹絲說：「我們得快點進行，對伊鴻・路易來說，這是千鈞一髮的關頭了。」

奧丹絲說：「你對於那老看護的話感到滿意嗎，為什麼放她脫身事外呢？」

賴寧說：「她已經把經過情形說了，我們還要什麼滿意呢？」

奧丹絲說：「沒有什麼了……我不知道……」

賴寧說：「親愛的，現在我們別談這事，最要緊的，還是立刻送伊鴻・路易回巴黎，否則……」

他轉向伊鴻・路易說：「你跟兩位老夫人應該分開一陣子，各自考慮一下，從長計議善後的辦法。你以為怎樣？目前最重要的事，還是跟我們到巴黎救你的愛人伊妮芙。快呀！」

伊鴻・路易受了方才的打擊，呆若木雞，聽了賴寧的話，有些猶豫不決起來。

賴寧轉向兩個老婦人說：「兩位老夫人可贊同我所說的話嗎？」

她們都點點頭，賴寧便催促伊鴻・路易說：「先生，大家都同意了，你最好離開幾天，冷靜一下頭腦，快跟我們走吧！」

半小時後，伊鴻・路易便跟著賴寧離開了迪瑟文大廈。

他們三個人坐汽車到了加海鎮火車站候車，伊鴻・路易在檢點行裝，賴寧低聲向奧丹絲說：「我們此行監視他行了婚禮後才讓他自由，你認為怎樣？」

奧丹絲說：「好極了，伊妮芙想來也會很高興的。」

三個人在車中坐定後，賴寧和奧丹絲向伊鴻・路易告了罪，坐到餐車中去。

賴寧樂津津地談著方才的事，奧丹絲只是唯唯諾諾地應答著，賴寧便問：「親愛的，瞧你這樣子，好像有點不滿意，是嗎？」

奧丹絲說：「我嗎？不！」

賴寧說：「別瞞我，我瞧你的神色就知道了呀！」

奧丹絲帶笑說：「為我的好友伊妮芙著想，我對你的安排自然頗覺滿意；但就這件事的本身而論，你的解決方法，我微有不滿之感。」

賴寧說：「我解決這事的手段，不能教你心服嗎？」

奧丹絲說：「是的。」

賴寧說：「你以為我處置這事極不爽快，但你還要我怎樣呢？我們既已知道伊鴻・路易一子兩母的秘密，又喚得當時接生的看護婦來供出真相，什麼都解決了啊。」

奧丹絲說：「不錯，但我有點懷疑，這事是否完全解決。不瞞你說，之前兩件事在我心中留下的痕跡，要比這次深刻得多。」

賴寧問：「那麼你以為這事還有點模糊嗎？」

奧丹絲說：「我覺得印象很模糊。」

賴寧問：「為什麼呢？」

奧丹絲說：「我也說不出所以然來。我總覺得蒲茜小姐的話有些可疑之處，而且短短幾句，實在不算完全。」

賴寧含笑說：「我們也用不著她多說，這是我有意截斷她的。」

奧丹絲問：「這又是為什麼緣故呢？」

賴寧說：「如果她說得太多，我們恐怕要當她不知所云了。」

奧丹絲更奇怪了，問：「說得愈詳細愈好，什麼叫不知所云呢？」

賴寧說：「這段故事未必可靠，說那紳士夜裡來，帶了一個活的嬰孩，末了帶了一個死嬰走，這樣的話，仔細一想，叫誰相信?!親愛的，我實在因為時間匆促，想不到更好的話去教那不幸的看護婦。」

奧丹絲聽了這出乎意料的話，驚異的問：「你這話是什麼意思呢？」

賴寧說：「你知道鄉下老婆婆總是十分愚笨的，我在短短的時間內，跟她串通好，她遵照我的話逐一搬出，失措呀，驚惶呀，求情哭泣呀！看起來表演得倒不差呢！」

奧丹絲低聲問：「難道事先你曾跟蒲茜小姐碰過頭嗎？」

賴寧說：「當然早已接洽過。」

奧丹絲問：「你在什麼時候跟她見面的呢？」

賴寧說：「我們今早在加海鎮休息的時候，你在旅館中理妝，我趁空溜出去打聽，想找些有用的資料。原來鎮上的人對那件兩母一子案大半是知道的，我還打聽到看護婦蒲茜小姐的住址，當即去拜訪她，了解當時確無別情，便在三分鐘內編造了這段故事，並許她一萬法郎，作為報酬。」

奧丹絲說：「難怪我聽了蒲茜小姐的話頗覺不滿。」

賴寧說：「親愛的，蒲茜小姐照我的話做，技巧並不拙劣。你當時也深信不疑，更不必說他們三個人了。我的目的，原希望這樣可以打開二十七年來的真相，消去他們中間不解的深仇，解救那青年脫離人間地獄。

「所以我以全副的口才駁倒了辨別不出嬰孩的話，使他們心動；接著又說一定有我們所不知道的隱情，總得解決清楚，於是伊鴻・路易接口說，可以喚蒲茜小姐來一問，我巴不得他這樣說。她來了之後，果然照著我教她的話，說得娓娓動聽。大家聽了這出乎意料的話，都呆住了，我便把伊鴻・路易奪過來了。」

奧丹絲說：「也許他們事後發現破綻，會根本翻案呢！」

賴寧說：「他們或許可能像你一樣起疑，甚至想入非非，但絕不會想翻案。試想這二十七年來，母子三人過的全是人間地獄的生活，一旦我打開他們的心結，完全解放他們，誰還肯自投羅網呢？誰還肯從極壞處著想呢？況且我所編的故事雖有破綻，並不是怎樣荒誕不經，他們也沒有不信的理由呀！」

奧丹絲問：「這個對於伊鴻・路易沒有影響嗎？」

賴寧說：「伊鴻・路易為了兩個母親，好像拖著巨鏈，與其有纏繞不清的兩個母親，反不如一個也沒有，樂得逍遙自在。」

接著又笑著說：

「他既跟伊妮芙心心相印，因為他愛她是那樣的深，不願她進這惡家庭，受到兩個婆婆的折磨，因此不敢向她求婚。我親愛的，你現在可滿意了吧！你的目的，原是替你的閨友解憂，如今她的快樂已得到了，我們也獲得成功，所用的是什麼方法，就不必細加推究啦。有些案子不得不像獵狗一樣，借重於菸灰腳印，現在我所採取的辦法，卻是心理的解決方法。

——這樣一來，我把種種原委的秘密都和你說了，還得要求你替我嚴守秘密呢！」

奧丹絲說：「要守秘密嗎？」

賴寧說：「不錯，你看我們背後的座中，有一對男女在那裡喁喁私語，好像在商量什麼要緊的事。」

奧丹絲看了一眼，說：「他們的聲音極低。」

賴寧說：「是啊！看他們這樣低聲交談，一定在蘊釀什麼陰謀。」

這時，賴寧點上一支菸，靠在椅背，仰著頭微微吐著菸，樣子十分安閒；奧丹絲用心細聽，卻聽不清楚。

隔了一刻鐘光景，列車停靠在一個站上，方才喁喁私語的那對男女便相偕下車，在人叢裡消失。

賴寧說：「他們是誰？住在什麼地方？——往後讓我慢慢打聽吧！我總能知道的。——親愛的，我們又有一件有趣的冒險事了。」

奧丹絲說：「且慢，我們還有伊妮芙的事在身，讓我們休息一會兒，請你且別去參與吧！」

賴寧說：「這件事已經結束，我早感索然無味，難道你對於一子二母的事情，還戀戀不捨嗎？」

說到這裡，他不覺失聲笑了起來，奧丹絲也嫣然一笑，一子二母的奇事，大家就這樣一笑置之了。

四 快樂公主

「請你看扮演茶房領班的那個人。」賴寧向奧丹絲這樣說。

這時他們正坐在電影院中欣賞一部新影片，名叫「快樂公主」。

「快樂公主」影片中的主角，是一個叫路茜的小姐，臉蛋長得十分漂亮，舉動活潑，表情動人。

路茜的母親原是一個音樂教師，曾教過奧丹絲彈琴，如今這位女教師已經去世，奧丹絲追念舊情，特約賴寧來看她女兒主演的影片。

奧丹絲聽了賴寧的話，便問：「這人可有什麼特點嗎？」

賴寧起初微應一聲，並不回答，等到影片中間停映片刻時，才緩緩地說：「有時我碰到庸俗的影片時，往往把注意力集中於下等的角色，藉此消遣。我覺得他們的表演，在正式拍攝之前，總已練習了十多次；他們每逢試演的時候，總心不在焉的想著別的事情，我留心這樣的細節，往往可以窺見他們的個性，這也是一件有趣的事。你看那茶房領班吧！」

那時，影片中開映的，是餐室情景。快樂公主坐在餐桌的主席位，四周坐著她的情人，六位茶房在領班的命令下殷勤侍候。

這個茶房領班是一個大漢，濃眉豎眼，面龐粗俗。

奧丹絲看著說：「這漢子雖可怕，也很普通，你看他有什麼特點？」

賴寧說：「他的目光只瞧著那個快樂公主，照這影片中他的身分來講，似乎過火了，依你看以為怎樣？」

奧丹絲說：「我倒看不出什麼。」

賴寧說：「大概那人在未拍戲時，絕不會是茶房之流，也許他和路茜本有情愫，因此表演的時候不禁忘情地多瞧她幾眼，旁邊的演員們雖不注意，卻逃不過鏡頭。你再仔細看，這個茶房領班站在那裡，宴會已畢，快樂公主正喝著香檳酒，他那賊賊的眼光又盯在她的身上了。」

奧丹絲仔細看去，也連聲說奇怪。

賴寧說這一定是那人的心事在無意識中表現出來的。奧丹絲看得不耐煩，只說：「也許他看人時，總是這個樣子吧！」

燈光一亮，上半部已放映完，下半部的情節是這樣的：一年後，快樂公主住在一所精緻的房舍中，陪伴著她的丈夫，一個音樂師。公主的嬌豔和快樂仍如昔日，那些追求她的少年貴族，仍舊拜倒在她的腳邊。

在附近有一個獰惡的樵夫，扛著斧刀，常在公主住所的旁邊徘徊，公主在散步時，也總是碰見他。一般觀眾看到這裡，都替影片中的快樂公主捏一把汗，怕她遭遇不測。

賴寧又低聲對奧丹絲說：「你看扮演這個樵夫的是什麼人？」

奧丹絲說：「我看不出來。」

賴寧說：「這人就是方才扮茶房領班的那個，是一個演員兼演兩個角色。」

奧丹絲聽了，仔細一看，覺得那樵夫的舉動表情，果然很像方才的那個茶房領班。

這時公主正從房舍中走出，樵夫躲在樹後，影片還顯出幾個放大的鏡頭，把樵夫帶著殺氣惡狠狠的表情，詳細描寫出來。

奧丹絲說：「我怕見他這種模樣！」

賴寧說：「他心有所感，不覺形之於外。上半部和下半部拍攝的時間，距離約有三四個月，他的情感一天比一天熱烈。在他的心目中，並沒有什麼快樂公主，只有路茜小姐。」

他抬頭在看影片，正映到樵夫和快樂公主遇見，他張開雙臂，想去摟抱她；待公主想要呼喊逃走時，已經來不及了，早被樵夫抱住，扛在肩頭，快速的奔逃著。

賴寧低聲向奧丹絲說：

「如果片中的快樂公主不是路茜小姐，像樵夫那樣的次要角色，表情哪裡會這樣熱烈呢？你覺得呢？」

接著，銀幕上映出樵夫抱著公主，穿過樹林邊，直向黑暗的林深處走去；他走到石洞前，放下公主，掃乾淨了洞口的落葉軟泥，扶著快樂公主走進洞裡。

下面的幾段，便是快樂公主的丈夫因為失去妻子而痛苦欲絕，四處追蹤，幸得在樹林外面發現公主一路折斷的樹枝，就召集同伴，循著這些痕跡，到了樹林深處，末了是公主在樵夫的魔掌中拚命掙扎，終被樵夫推倒在地；正巧公主的丈夫趕到，砰然一槍，擊死了樵夫。……

戲終人散，賴寧偕著奧丹絲出了電影院，賴寧嚴肅地對她說：

「依我看來，你那音樂教師的女兒路茜小姐，自從拍攝了這影片後，一定身處危險之中。那個男演員很容易照影片中的樣子向她下手，別人或許不覺得，我看了他在影片中目光灼灼的樣子，心中深信不疑，也許路茜小姐自己也感覺到呢！你不記得那男演員的眼中，閃出凶燄，好像想得到才甘心，他那雙手常常緊握著，好像想掐死誰。也許他以為像路茜那樣的美人，他無法獲得，不如結束了她的性命，免得落入別人手裡。如果他真的這樣想，路茜小姐就很危險了。」

奧丹絲問：「那麼你打算怎樣呢？」

賴寧說：「要是路茜小姐未遭毒手，只是處在危險之中，我們總該設法保護這個弱女子。」

奧丹絲問：「那麼你預備怎樣著手呢？」

賴寧說：「先去打聽一下再說。」

奧丹絲說：「你到哪裡去打聽呢？」

賴寧說：「拍這影片的，是寰球影片公司，明天早上，讓我先到那裡去探聽吧。」

翌日，奧丹絲問賴寧：「你打聽的結果怎樣？可有什麼特別的消息嗎？」

賴寧說：「總算不虛此行。那演員名叫大白來克，本是一個作布景的畫師。快樂公主影片中上半部的茶房領班，下半部的樵夫，全是他扮演的。公司發現他是個可造之材，雇他另製新片，他也因此投身演藝圈。

「最近他在巴黎附近拍攝某片，誰知九月十八日星期五一早，他在所服務的寰球影片公司裡，盜走一輛汽車和四萬法郎現款，捲款逃逸，等公司發覺時，他早已消失無蹤，只好報警通緝。隔兩天，那輛汽車在特洛鎮外被發現。

「我還知道了兩件事：第一，這個大白來克，就是去年轟動社會的珠寶商鮑干被殺案中的凶手。第二，大白來克盜走汽車和鉅款的那天，他駕著汽車，穿過熱鬧的哈佛街道，另有兩個人幫助他，劫走了一個小姐；那小姐是誰，還沒有查明姓名。這兩件事，明天的新聞紙上就會刊登出來了。」

奧丹絲忙問：「那被劫的小姐，可是路茜？」

賴寧說：「我從寰球影片公司裡，打聽到路茜小姐的住址，趕到那裡去。聽說她今夏藉著旅行避暑，曾在塞納河邊的別墅裡停留了兩星期，那所別墅的布置，就像快樂公主影片中的陳設一樣。最近她跟一家美國影片公司訂約，預備到好萊塢去，便回到巴黎，在聖拉西爾碼頭交出了行李，就在九月十八日星期五那天，往哈佛去打算過夜，第二天乘船放洋。」

奧丹絲說：「那天正是大白來克……」

賴寧插口說：「我便立刻到大西洋郵船公司去調查，查得路茜小姐已經預定了艙位，但到船啟航時，她卻不曾上船。」

奧丹絲失聲說：「糟了，不出你的意料，她一定被那惡徒劫去了！」

賴寧說：「我也為路茜小姐擔心呢！」

奧丹絲問：「現在你預備怎麼辦呢？」

賴寧說：「我的汽車正由司機阿杜夫駕著，等在外面，我們且趕先到哈佛去。現在路茜小姐失蹤之事，警方還不知道，等到在新聞紙上揭露時，我們早跟在路茜小姐的後面了。」

汽車從巴黎到哈佛，中途必經過魯昂，四點鐘時到了那裡，賴寧忽然要司機改變路線並說：「阿杜夫，你把汽車沿著塞納河的左岸開吧！」

於是他取出一份地圖，攤在膝頭，指給奧丹絲看著說：

「從哈佛或甘爾卜夫畫一條線，那邊就是穿過塞納河到特洛鎮的一條路，被盜的汽車，後來就是在這地方發現的。從這裡下去，便經過羅都德，那是蒲路冬森林西面的一個市鎮，後半部的外景，就是在這蒲路冬森林中拍攝的。

「我忽然想到大白來克既劫持了路茜小姐，在星期六晚上經過這森林附近，或者他打發兩個伙伴，開車前往特洛鎮，轉往巴黎，他自己照著快樂公主影片裡的情景，把路茜小姐藏在樹林深處的石洞裡，照著影片假戲真做，這座森林又大又暗，難得有人走進去，如果路茜小姐堅持不肯屈服於暴力，她的生命可極危險了！」

這時，夜色漸上，賴寧偕著奧丹絲走進了蒲路冬森林，林中古蹟很多，但是他們倆也無心欣賞。

賴寧記得在一株老橡樹的附近，有一個石洞，就是快樂公主影片開拍的地方；他尋到那裡，捻亮電筒，四下探照，並不見人跡。

賴寧失望得很，和奧丹絲回到森林的入口，一邊說：「洞裡雖然沒有人，也許我們可以尋些證據，證明大白來克和路茜小姐曾經在這座森林裡逗留過。你看樹林入口的右面，不是有些斷枝嗎？」

奧丹絲說：「然而事發到如今事隔有三個星期之久，在這期間……」

賴寧說：「也許她已經遇害，埋身在落葉枯枝裡；也許沒有死，換藏在一個更幽僻的地方，這些我可不知道了。」

奧丹絲問：「那麼我們怎樣著手去找呢？」

賴寧忽然聽得一陣伐木聲，便低聲對奧丹絲說：「也許伐木的樵夫，就是大白來克呢！我們去向林中另外的樵夫打聽，或許能夠知道些什麼。」

於是他們駕駛著汽車，開出森林，到了一處交叉路口，看見路旁的小徑上印著卡車的痕跡。

他們下車步行，走了十多分鐘，碰見十多個伐木歸來的樵夫。

賴寧便向他們問道：「從這條路可不可以到羅都德呢。」

「此路不通的，你們應該回頭啊。」

有一個樵夫回答，一邊腳步不停地向前走著。

賴寧和奧丹絲見了，那個說話的樵夫，面貌跟影片中的茶房領班一模一樣，鬍子雖已修過，上脣邊的黑鬚仍是老樣子，這人不是大白來克是誰?!

賴寧低聲對奧丹絲說：「如果路茜已遭非命，大白來克畏罪，一定高飛遠走，絕不會留在這裡的。我想那個可憐的小姐，大概被嚴嚴的禁閉在哪裡。」

於是他們緊跟著大白來克，假裝做修理汽車的，一直到了羅都德，在一家旅館住下。

旅館旁邊，是一家小咖啡店，樓上有一個房間，一架木梯通到屋外的側面，上下很便利；其中一間房，就是大白來克住下的。

賴寧打聽清楚，就把隔房租下，讓他的司機阿杜夫居住。

次晨，阿杜夫來向賴寧報告：昨夜大白來克等人靜燈熄後，就從房中取了一輛自行車，潛行出去，到天明方才回到房裡。

賴寧聽了，他那敏銳的眼睛立刻覓到地上自行車的輪跡，循線走了五里，到那座沒人居住的朗脫廢堡，那邊有一條石徑，輪跡便消失了。

賴寧再觀察這石徑，兩邊全是園林，一直通到塞納河邊，正面對著宇梅葉半島。賴寧暗暗記在心裡，這晚先到這裡來守候著。

十一點時，大白來克果然來了，他爬過籬笆，把自行車藏在樹下，接著他的影子便在茫茫黑暗中消失了。

賴寧不能跟蹤，只好作罷。

好不容易天終於亮了，賴寧和他的司機阿杜夫，把這一帶園林仔細搜查了一遍。那個園林面積不大，背山臨水，極容易查遍，卻不曾發現路茜小姐的影蹤。

他悵然徘徊一會兒，回到羅都德村中，向奧丹絲說：「我們這樣枉費時間，實在不值得，我得冒險一次，從那惡徒的手裡把路茜小姐救出來。現在唯一來得及的辦法，是逼他自己招供，再遲怕要來不及了。」

這天是星期日，大白來克並不出去工作，儘自留在房間裡。

中午時，他離房下去用餐，餐畢，又匆匆回房。下午三點鐘光景，那邊客店中，賴寧和奧丹絲正注意著他，見他掮著一輛自行車，從木梯上下來，靠在梯邊安放了，先將輪胎打足氣，又把一件很大的東西縛在車柄上。

賴寧看得出神，忽然失聲說：「天呀！……」

奧丹絲忙問：「有什麼事嗎？」

咖啡店前方有一個小平臺，平臺四周有濃密的矮樹環繞著，有三四人藏在矮樹後面，從枝葉間看著大白來克。

賴寧指給奧丹絲看，並且低聲說：「這幾個人是警探，他們一來，事情可要糟了。」

奧丹絲很奇怪的說：「這又是為什麼呢？」

賴寧說：「他們會打草驚蛇，嚇跑大白來克的，那路茜小姐的下落更無從知道了。」

大白來克正想騎了自行車出發，四個警探也準備從矮樹後撲上來，誰知大白來克好像記起什麼事，又轉身上樓去。

賴寧忙說：「好呀，這是一個難得的機會，我一定要抓住他。」

房門。

賴寧趁警察沒看見，趕上木梯，正好大白來克的房門開著，便跨進

大白來克一見，退後一步，喝斥道：「你是誰？要做什麼？」

賴寧忙道：「別妄動！你已經事跡敗露了。」

大白來克怒聲道：「你說的什麼話？」

賴寧說：「你且看看窗外，那邊有四個警探正守候著你。」

大白來克向窗外一望，怒罵一句，返身對賴寧說：「我又沒犯罪，他們守候我做什麼？」

賴寧說：「他們還帶著拘票。」

大白來克昂然說：「胡說，拘票跟我有什麼相干！」

賴寧說：「時間寶貴，不用多說廢話。我老實告訴你，你在快樂公主影片中充當演員時，可是用大白來克的名字？你曾經殺害珠寶商鮑干，又盜取寰求影片公司的汽車和四萬法郎，在哈佛又挾持了一個女子。如今諸罪俱發，警探已經包圍這裡，隔壁房間還有我的司機；你現在已是一敗塗地，插翅難飛了，只有我的幫助，也許還可以救你。」

大白來克向賴寧打量了一下，問：「你是什麼人？」

賴寧說：「我是路茜小姐的朋友。」

大白來克寒顫一下，又問：「你有什麼要求？」

賴寧說：「告訴我，你把路茜小姐關在什麼地方？」

這時大白來克露出一陣神秘的笑容來，等到賴寧注意時，他立刻收斂笑容，反問：「如果我不說呢？」

賴寧說：「那麼我也只好看著你被警探們捉去。」

大白來克說：「我若被擒，沒人釋放她，她的結果恐怕就很悲慘囉！」

賴寧催促著：「快說，再過一兩小時，你到了警探手裡，怕你不招供出來！你難道忍心看她落入悲慘的命運中嗎？」

大白來克對於賴寧的話，現出輕蔑的態度，接著舉起手說：「我不妨對你立誓，我如果落到警探手裡，絕不會吐露片言的。」

賴寧說：「那麼你究竟要怎樣呢？」

大白來克說：「你先幫我脫身，今天黃昏時分，我們在朗脫廢堡前見面，那時再跟你詳談。」

賴寧說：「你現在就說也不妨呀！」

大白來克說：「我一定要這樣辦。」

賴寧說：「你真的會履行約定嗎？」

大白來克說：「一定！」

賴寧想到他既下了決心，硬逼他也是沒用，倒不如答應他，也許可以搭救路茜小姐，於是他把手指輕彈著木壁，招呼等候在隔房的司機說：「阿杜夫，車子預備好了嗎？」

阿杜夫在隔房答說：「準備好了。」

賴寧便吩咐他說：「你駕著車子，開到咖啡店前平臺的角上，攔住那幾個警察的出路。」

另一邊吩咐大白來克：「你立刻下樓跳上自行車，快速穿過旅店的空地，進入盡頭處的通道，便是小巷，你就可以脫身了。再會，祝你幸運！」

阿杜夫已經下去，把汽車停到旅店前，賴寧便下了樓，跟阿杜夫說話，讓警探們把注意力移到自己的身上。

但是有一個眼快的警探，在樹叢後望見大白來克走下木梯，便發出叫喊聲，向前摸去，後面的三個警探也緊跟著。

賴寧的汽車卻橫在前面，他們推開阿杜夫，繞車過去，已經遲了一步，眼見大白來克跳上自行車，箭也似的穿過場地，給他逃出了羅網。

大白來克正趕到通道口，恰巧有一群從禮堂回來的男女孩經過那裡，一聽見追趕的聲音，大家伸開手臂，把大白來克當頭攔住。

大白來克一頓，連車帶人翻身跌在地上。四個警探歡呼著：「捉住他呀！」便向前撲上去。

賴寧知道大勢已去，也吶喊著跟在他們後面。大白來克跳起身拔出手槍，對著警探們。

賴寧一個箭步到他的身邊，往大白來克的手裡奪下手槍。說時遲，那時快，有兩個警探已拔出手槍，向大白來克開槍，大白來克應聲跌倒在地上。

一個警探轉身向賴寧說：「多謝先生的幫忙，使兇手不致漏網。」

賴寧說：「這人是誰，你們幾乎要把他當場格斃了呢！」

警探說：「他叫大白來克，犯案累累，我們找他好久了。」

賴寧便離開他們，回頭見奧丹絲也已趕到，便低聲對她說：「這些笨蛋，幾乎殺死了他！」

奧丹絲聞言道：「那怎麼好呀？」

賴寧說：「且別去管他的生死，總之，路茜小姐是陷於危險中了，讓我們趕緊設法找她去。」

警探們做了一張臨時的擔架，從血泊中扶起大白來克，把他抬了回去，看熱鬧的人群也散了。

賴寧正想跟去，但是他抬起頭來，卻看見一個紙包，原是方才從大白來克的自行車上掉下來的；這紙包已經破了，露出一隻大鐵勺來。

賴寧站住了，喃喃地說：「這東西有什麼用嗎，他帶在身邊，又有什麼用處呢？」

他俯身拾了起來，仔細一看，很得意地笑著說：

「親愛的奧丹絲，我們留在這裡，等人們全散了再說吧！」

接著，又吩咐他的司機：「阿杜夫，載我們到朗脫廢堡去。」

半小時後，賴寧等一行人到了古堡的塞納河邊，河中風平浪靜，埠頭上停著一條蟲蛀木爛的小遊艇，艇中滿是泥水。

賴寧走到艇中，用那大鐵勺舀去了泥水，扶著奧丹絲上了遊艇。艇尾還擱了一支槳，賴寧取過來，划著這一葉扁舟直向河中而去。

他對奧丹絲說：「方才我瞧見這鐵勺，忽然想到一般人往往利用它舀去漏船中的水。我又記起昨天在古堡的岸邊，看見停泊著一條舊遊艇，大白來克一定利用這舊遊艇渡河；因為船底漏水，所以帶著這大鐵勺。現在我們也照他的方法做去，好在我也帶了大鐵勺，可以舀去漏水，至多打溼我們一雙腳罷了。」

奧丹絲說：「那麼路茜小姐……」

賴寧說：「自然被幽禁在對岸的什麼地方，我們的目的地一定離此不遠，大白來克才來得及每晚往來。」

接著遊艇靠岸，他們倆上了岸，沿著一條小徑行去，行未數步，忽然奧丹絲失聲說：「天呀，這是什麼地方？難道我的眼睛花了嗎？」

原來他們的前面，是一個大果園，在掩映的綠樹後，露出一間房舍，這正是快樂公主影片中的場景。

賴寧說：「大白來克倒是念念不忘那影片呢，是了，路茜小姐那所避暑的別墅空置著，原來她被大白來克關在這裡！」

那果園的門下著鎖，賴寧和奧丹絲只好往一堵矮籬上爬進去。那牆上爬滿著碧綠的蔓藤，屋頂上蓋著茅草，環境十分幽靜。

他們向那所房舍行去，奧丹絲忽然說：「我好像聽到推窗的聲音，屋裡一定住著什麼人。」

賴寧忙說：「聽呀，這聲音是誰？」

屋中好像有人彈著洋琴，接著發出響亮清脆的歌聲，分明是一個妙齡女郎在那裡唱著歌。

賴寧和奧丹絲在窗下窺望，看見裡面是一間極漂亮的起居室，牆上糊著豔麗的壁紙，地上鋪著羅馬的藍色地毯。

等到歌聲停住，琴聲也只剩了餘音。那唱歌的小姐慢慢地向窗前走來。奧丹絲一見，失聲低語說：

「是路茜小姐！」

賴寧也十分詫異，說：「這真是出我意料之外！路茜小姐不曾被囚，反而這樣的自由和快樂。」

奧丹絲說：「你可明白其中的意思嗎？」

賴寧說：「先前誰想得到這個，現在才明白了！」

賴寧與奧丹絲倆跟路茜小姐只在銀幕上見過面，此刻看她的裝束，正和銀幕上的一模一樣。她玉容如花，秋波含笑，神情態度比影片上的快樂公主更可愛。

這時她好像聽得什麼聲音，從窗口探出身子，低聲喚著：「喬琪司，喬琪司，我的愛人，可是你嗎？」

園子裡沒有回音，路茜小姐便含著笑，立在窗口期待。

房門開了，一個年老的村婦托著盤進來。「親愛的路茜，我給你送晚餐來了。」她說著，放下盤子，笑著說：「路茜小姐，又是薄暮了，你一個人可感到寂寞嗎？你開著窗，又在等候你的情人吧！」

路茜小姐說：「好婆婆，我可沒有什麼情人。」

那老婆子含笑說：「還說沒有情人嗎？今天早晨，窗下有著縱橫的腳印，實在十分可疑。」

路茜小姐說：「也許是賊人的腳印吧！」

老婆子說：「那個我不敢說，但像你這樣的女明星，總難免會招蜂引蝶的，你該小心一點才是。再看你的好友大白來克，雖然跟你打得火熱，你也得留意，昨天的新聞紙中，說有一個惡徒殺人、偷竊，又在哈佛搶了一個女子，這樣的事情真是防不勝防啊！」

賴寧和奧丹絲聽到這裡，不覺豎起了耳朵，等待路茜小姐的答話，誰知她什麼都沒說，轉身用晚餐去了。

賴寧笑道：「好極了，結果竟是一齣喜劇！據我們想來，路茜小姐不是被關在洞中，就是丟在潮溼的地窖裡，挨餓受苦。我們猜想她被劫的第一夜，一定受夠了威逼和痛苦，像那影片中的快樂公主一樣守貞不渝。誰知事實上，她卻在這裡逍遙快樂！……唉，女人心真是最神秘的！」

奧丹絲說：「是呀，大白來克是她所愛的男人，卻生死未卜呢！」

賴寧說：「這件案子這樣結束，也還差強人意，如果路茜小姐知道她的愛人，正是殺人越貨的凶徒，不知道她的感想如何。」

這時，園中已經夜色沉沉，四下裡靜悄悄地，什麼聲音都沒有。接著一聲響，窗子開了，路茜小姐靠在窗檻上，一雙眼睛中閃著焦急渴望的光輝。

賴寧把牆上的常春藤搖了一下，做出瑟瑟的聲音來，路茜在上面聽見，便說：「不錯，風吹樹動，這次你不是騙我，愛人呀，你總該來了，可不是嗎！喬琪司，親愛的喬琪司，我已經望眼欲穿了，老甘瑟林走了，我一個人在這裡，好寂寞呀！」

她在窗邊跪了下來，雙臂伸向窗外，臂上的手鐲發生鏗鏘的聲音。

「喬琪司！喬琪司！」她那顫抖的聲音叫喚著，流露出滿腔的熱情。

奧丹絲聽了，十分感動，不禁說：「她是這樣的愛他，要是她知道……」

路茜小姐又在那裡說：「呀，愛人，是你說話的聲音嗎？你等在那裡，可是要我出來迎接你嗎？喬琪司，我出來接你了。」

她說著，穿過長窗，走了出來。

賴寧和奧丹絲繞過牆，迎了上來。

路茜小姐一見這對素昧平生的男女，不覺一驚，站在那裡呆愣住。

賴寧忙上前行禮，自報姓名，又替奧丹絲介紹說：「這位是奧丹絲小姐，是你母親的學生。」

路茜小姐狐疑道：「你們認識我嗎？方才我所說的話，你們可聽到沒有？」

賴寧立刻說：「我們知道你是演快樂公主的路茜小姐，還知道你受到威脅，預備來保護你。我們到了哈佛，得悉你想遠赴美國、臨行前卻被人劫擄在蒲路冬森林裡。」

路茜小姐裝出勉強的笑容來，說：「這些事完全不對，什麼被劫，囚禁呀，都是胡說，我是直接到這裡來的，並沒有到過哈佛。」

賴寧說：「你被囚禁的地方，就是快樂公主影片中的那個石洞，你還在洞邊拗斷幾根樹枝。這事有確切的憑據呢！」

路茜小姐斥道：「我又沒有仇人，誰來劫擄我，這不是笑話嗎？」

賴寧說：「他因為愛你，並不是跟你有什麼怨仇，他就是你此刻極切盼望著的那個人。」

路茜小姐驕傲地說：「不錯，他是我的愛人，我難道不能期待我的情郎嗎？」

賴寧說：「你是自由之身，自然可以這樣。但是你那個情郎，他的名字叫作喬琪司・大白來克，就是殺死珠寶商鮑干的凶手，警探們正在到處緝捕他。」

路茜小姐怒道：「胡說，發生謀殺的那夜，喬琪司正在巴黎，他一定能證明自己無罪，這是報紙記者誣陷他的。」

賴寧說：「他還有盜取汽車和四萬法郎現款的罪名。」

賴寧小姐忙說：「不對！那輛汽車已經由他的朋友歸還了。那四萬法郎現款，他並不曾用過，也預備歸還的。只為我要到美國去，才讓他拿了這筆巨款，想當作旅費。」

賴寧說：「很好，你的話我極願意相信，但是並不能夠使警察們相信呢！」

路茜小姐不安地說：「不用擔心警察，他們找不到的……」

賴寧說：「你說找不到他嗎？他裝扮成樵夫，我早已知道了。」

「不錯，但是警察……」

她的聲音有點顫抖了，接著奔到賴寧的面前，說：「他已經被捉了嗎？

我知道一定是這樣。可不是？你來此是報告消息的。請你快告訴我，他是死了呢，還是傷了？你快告訴我呀！」

她方才充滿熱愛的聲調，突然變得非常痛苦，嗚咽著說：「他沒死吧？我希望他不會遭到意外。先生，我告訴你，他是世界上最溫柔的人，也是一個最好的人，我因為他的影響，連我的人生觀也改變了。我不能夠離開他，我要去看他，請你陪我去，索性讓他們也把我拘留起來吧！」

奧丹絲拍拍路茜小姐的背，安慰道：「他沒有死，只是受了點傷，賴寧親王一定會救他的，你跟我們去吧！請你去披上一件外衣，對那老女僕說要去趕火車，立刻跟我們動身，設法去搭救你的愛人。」

路茜小姐聽了，立刻回到室內，披上長袍，籠上面紗，跟著賴寧和奧丹絲來到羅都德的旅館裡。

賴寧對別人說這女客是從鄰鎮來的朋友，預備同往巴黎。

他急急地趕出去探聽大白來克的消息，兩個女人在旅館中焦急的等待著。

過了一會兒，賴寧興沖沖的回來，告訴路茜小姐說：「還好，大白來克沒有死，聽說是腿受傷，身體發熱，人在警長的私室裡，預備明天解往魯昂。」

路茜小姐忙問：「那該怎麼辦呢？」

賴寧微笑說：「很容易的，我們做攔路賊。明早埋伏在路上，攔擊汽車，把你的喬琪司奪下來還你。」

路茜小姐痛苦的說：「你說得太容易了，請你不要開玩笑，我心中很痛苦呢！」

賴寧見路茜小姐這樣，便對奧丹絲說：「誰想得到事情的變化是這樣呢！影片中的劇情分明跟這個相反，這個樵夫真的把快樂公主劫擄去了，一連過了三星期，她那怨恨的心情煙消雲散，倒反而對他生出濃烈感情來。該死的喬琪司，他在電影中是一個面目粗笨的大漢，誰知在現實中，卻是一個調情高手！」

奧丹絲問：「你真的能夠救他嗎？」

賴寧說：「你為什麼那樣關心他們呢？」

奧丹絲說：「我掛念他們的幸福。」

賴寧說：「如果我救了他，你得讓我吻你的手。」

奧丹絲愛嬌說：「我很願意，我把雙手都給你吻！」

賴寧叮嚀奧丹絲和路茜早睡早起，明早方便行事。一宿無話。

第二天早上，他們三人下樓，汽車已經等在店門前；他們喝了些咖啡，結了賬，正想跨出門去，忽然奔進一個人來，正是昨天警探中的一個。

他嚷著：「那人可在這裡嗎？你們可曾瞧見他沒有？」

跟在他後面的，是偵探長，他很興奮地向旅館中的人們說：「那罪犯逃走了，驗看足跡，是向旅館方面跑的，一定還在這一帶。」

接著，來了十多個鄉下人，幫著偵探長搜查客店，什麼閣樓、馬廄和鄰近各隱蔽處，全都找遍了，哪有這個逃犯的影蹤！

賴寧也假意幫助他們搜查，一邊很不高興的說：「真該死！他怎會逃走呢？」

偵探長很失望的說：「我也不知道，昨夜我派了三個人在屋外看守罪犯，早上我去巡視，卻見三個人睡得很熟，分明是中了麻醉劑；再看那罪犯大白來克，已經逃得無影無蹤了。」

賴寧問：「你可知道他逃走的方法嗎？」

偵探長說：「大白來克似乎有黨羽協助，帶著繩子和梯子來到，幫著他越窗而出；又因為他的腿重傷，不能行走，還用擔架來把他抬走呢！」

賴寧問：「屋裡沒有留下任何痕跡嗎？」

偵探長說：「什麼都沒有。」

賴寧說：「偵探長先生，你先別焦急，我看大白來克雖然狡猾，終究是逃不出你的掌心的。因為我有幾個有勢力的朋友在警視廳，要去接洽一點事，我趁便替你關照一聲吧！」說完，便回到咖啡室中。

奧丹絲忙低聲問賴寧：「幫助大白來克越獄的，可是你嗎？路茜小姐正十分擔心，你快說，也好讓她安心呢！」

賴寧並不回答，扶著路茜小姐到外面的汽車邊。

路茜小姐的臉色十分難看，低聲問賴寧：「現在我們要到哪裡去？他有可能安然脫身，逃離警探們的掌控嗎？」

賴寧看著路茜說：「路茜小姐，你得向我立一個誓；在這兩個月裡，等大白來克的傷恢復後，我已證實他是個沒罪的人，那時你得同他到美國去。」

路茜小姐忙說：「我立誓同他一起走。」

賴寧再說：「你們到了美國，你得跟他結婚。」

路茜小姐又說：「我立誓嫁給他。」

於是賴寧向路茜小姐附耳說了幾句話。路茜的臉上立刻露出快樂的神色，她向賴寧說：「你真是好人，願上帝永遠賜福於你！」

奧丹絲和賴寧並坐在汽車的前座，司機駕著車，穿過森林。由美勒拉繞到塞納河對岸，通到哈佛和魯昂的那條路上，賴寧突然向奧丹絲說：「你方才允許我的，快脫下你的手套，讓我吻你的纖手吧！」

奧丹絲說：「但是你得先救下大白來克，我才會讓你吻手。」

賴寧說：「我已經把他救下了。」

奧丹絲說：「你別誇口，他雖已漏網，警探們正在嚴密的緝捕他，也許會再度被擒，我要看見他和路茜小姐在一起，才算滿意。」

賴寧說：「他已經跟路茜小姐在一起了。」

奧丹絲說：「路茜小姐在這裡，你別騙我。」

賴寧笑著說：「你回頭看呀！」

奧丹絲回身向後座看時，看見一個男子負傷躺在座椅上，正是大白來克，路茜小姐正跪在他的旁邊。

奧丹絲失聲叫道：「天呀，這真奇怪！你昨夜幫助他逃走，又把他藏了一夜，今天卻公然載了他，在偵探長之前逃出了羅網。」

賴寧說：「不錯，方才我用毯子裹住他，藏在座墊的下面。」

奧丹絲說：「你這事做得神妙極了！」

賴寧說：「現在我可以吻你的手了嗎？」

奧丹絲立刻除下手套，把一雙纖手湊到賴寧的嘴邊。

賴寧吻了一下，兩個人都默默不作聲。

接著賴寧才說：「昨夜我曾跟大白來克懇談過，才知道他是一個好人，他為了路茜小姐，甘願忍受一切的犧牲，這人的確不錯。一個男子為了他所愛的情人，原該是這樣。他得把自身奉獻給她，把全世界的美，全世界的幸福一起奉獻給她。如果他的愛人在煩悶的時候，他還會去找些有意思的事來，使她開懷，不管引她微笑也好，引她流淚也好。……」

奧丹絲聽了賴寧的話，感受到弦外餘音，心中大受感動，眼中閃著淚光。賴寧便是這樣的一個男子，使她一方面怕他，一方面又愛慕他。

無論如何，她跟著賴寧在這幾場冒險的事件中，覺得他是一個可愛的朋友。……

五　悲戀

十月十二日，一個溫和的秋天的早晨，有幾家逗留在鄉下別墅裡的人，結伴到海邊去散心。

諾曼第海邊的風景確實不錯。青山萬叢，天淡雲低，中間橫著波平似鏡的海，好像叢山間的湖泊一樣，奧丹絲欣賞著這樣的美景，不禁低聲說：

「好個幽靜的地方！」

接著又對偕他同來的賴寧親王說：「我們的目的，並不在山水之間。你看，左面那座大石筍下，據說從前是亞森・羅蘋藏身的洞窯，是否確實，我們也無心研究。」

賴寧說：「兩星期前，我們在火車中聽得有一個男人和一個婦人的私語，才來這裡的，可不是嗎？」

奧丹絲說：「但當時他們說的話，我聽不出什麼來。」

賴寧說：「因為他們在大庭廣眾中說話，不得不特別小心。我的耳朵很敏銳，所聽到的也只是隻字片語；我把所聽到的綜合起來，知道了非常緊要的兩點：第一，那對男女正是兄妹，他們約定在今天十月十二日上午十一點三刻，於山默鐵塘地方，跟某某第三者相會；這第三者雖不知是男是女，卻已經結婚，又急於要恢復他的自由。

「第二，他們決定在這次的會面中，作一個最後的了結；黃昏時節，他們沿著山岩散步，那第三者便帶一個男人或女人到來，這人就是他們所要除掉的。這兩點是那對兄妹私語的主旨，恐怕將有悲劇發生，好在山默鐵塘離此不遠，我既然來此，總得揭破他們的陰謀。」

奧丹絲說：「什麼陰謀？大概照你的猜想，以為那對兄妹跟第三者合夥，想把一個婦人或男子從岩上推下去，是不是？但這是猜想，並不一定會發生啊。」

賴寧說：「自然這是我的猜想，但是我從那對兄妹的私語中，知道那兄妹兩個要跟那第三者的夫或妻結婚，這中間就有令人起疑的地方了。」

這時賴寧和奧丹絲正坐在海濱俱樂部的陽臺上，遠遠望過去，海濱有著幾座零零落落的小木屋。

木屋旁邊的一個屋頂平臺上，坐著四個男人，在玩著紙牌，另有幾個女人在做女紅，一邊說著閒話。再過去一點，緊靠著海，還有一座孤零零的小木屋，大概裡面沒有人，所以大門緊閉。

在淺灘邊，有五六個赤腳的孩子在那裡戲水。奧丹絲眺望著這情景，向賴寧撒嬌說：

「這樣美麗的秋景，如今卻無法吸引我，因為我心中念念不忘的，就是你的推想，擔著莫名的憂慮。試看那邊這些人們，他們多麼快樂，誰知道其中竟會有一個人被死神選定，面臨千鈞一髮的時候。但是預定的犧牲者究竟是誰呢？可是那邊的一個金髮少婦嗎？她在那裡搖擺著腰肢曼笑呢！也許是那邊的一個高大魁梧的男士嗎？他在那裡悠閒地吸著雪茄呢！他們正逍遙自在享受海邊的清福，又哪裡料得到樂極生悲，死神已潛伏在他們的背後！」

賴寧說：「好的，你也感興趣起來了。我常跟你說過，人生最大的趣味就在於冒險，有了冒險的生活，才不會感到單調，現在大概你也同意了。看呀，那邊又有一對男女，也許那男人就要拋下他的妻子，或許那女人要拋下她的丈夫，局外人可不會知道呀！」

奥丹絲忙說：「我知道他們不會的，這一對是鄧富先生和他的太太，他們夫妻感情和睦，絕不會發生離異的事。昨天我在旅館中，跟鄧富太太談得很投機，就是你也曾……」

賴寧說：「不錯，跟我同打高爾夫球的，正是鄧富。」

正說話間，鄧富夫婦已走了過來，跟賴寧、奥丹絲招呼一下。

鄧太太說起，她的兩個女兒今早由保姆伴著，同到巴黎去；那個鄧富先生身材高大魁梧，頷上生著黃髭，臂上搭著一件運動衫，胸口起伏著，直嚷著天氣太熱。

他們跟賴寧、奥丹絲說了幾句話後，便走到陽臺邊的梯頂，站在那裡說話。

鄧富先生問他的太太說：「親愛的，小木屋的鑰匙，你可帶在身邊？」

鄧太太說：「是的，你可是想去看報紙嗎？」

鄧富說：「是的，或者我們現在一起去散步吧！」

鄧太太說：「親愛的，我還要去寫幾封信。我想吃過飯後再去散步，你認為怎樣？」

鄧富說：「好的，黃昏時分，我們還得到岩上去呢！」

這一句話送到賴寧和奧丹絲的耳裡，他們同時一驚，暗想這對夫婦正是他們來此的目標，於是賴寧和奧丹絲互相遞了一個眼色。

奧丹絲勉強笑著說：「我雖不相信會有這樣的事，但是我的心卻覺得很緊張！記得鄧太太曾跟我說過：『我丈夫和我從來不曾有過什麼口角。』可見他們琴瑟和鳴，絕不會有什麼不可告人的秘密。」

賴寧說：「等會兒我們到山默鐵塘去瞧瞧，夫妻兩個中，究竟是誰去和那對兄妹會面。」

鄧富先生走下扶梯，鄧太太卻還倚著欄杆。

她是一個美麗窈窕的婦人，下頷微微有點突出，臉上沒有笑容時，就顯出悲苦的樣子。

她向下一望，見她的丈夫正俯著身在尋找什麼，便問：「親愛的，你掉了東西嗎？」

鄧富說：「我一不留心，把鑰匙從手中掉了。」

鄧太太立刻走下扶梯，幫他尋找，他們倆邊走邊找，兩三分鐘後，被下面突出的岩石遮蔽著，賴寧和奧丹絲便看不見他們了。

這時屋頂平臺上玩紙牌的賭客，忽然鬧了起來，聲音很響，掩蓋了鄧富夫婦的說話。

片刻後，他們又從岩石邊出現。

鄧太太仍舊跨上扶梯，閒望著海景。鄧富已經把運動衣搭在肩頭，走到那大門緊鎖的小木屋，他行經幾個賭客的身旁，他們指著桌上的紙牌，要求他判斷；鄧富只搖了搖手，儘自走去。

他到了三十碼外另一座小木屋前，用鑰匙開了門獨自走進屋裡。

鄧太太在平臺上，找了把椅子坐下，十分鐘後，又緩緩地走了開來。奧丹絲目送著她，見她走進烏維安旅館旁的小屋。

接著，她亭亭的倩影在陽臺上出現。

賴寧自言自語說：「十一點鐘到約定地方去和兄妹倆會面的，不知是鄧富先生，鄧太太，還是另外的人？」

他們看著時間十點二十分過去了，一直等到十點三刻，這一堆人中，誰也沒有動靜。

這時，奧丹絲失聲道：「鄧太太已不在那邊陽臺上，也許她赴約去了！」

賴寧忙說：「也許她到了山默鐵塘，我們快跟上去。」

他正站起身，那邊玩紙牌的賭客又起了爭執。

有一個人喊著：「這件事只有請鄧富解決！」

另外一個賭客說：「好，如果他肯來，我是十分樂意聽從的。」

於是幾個人喊著：「鄧富，請過來！鄧富？」

他們喊聲雖響，那邊木屋裡，靜悄悄地沒有答應。

一個說：「也許他睡熟了，我們去叫醒他。」

這四個賭客趁興走到小木屋前，他們敲著門，高聲喊著：「喂，鄧富，你睡覺了嗎？」

賴寧看到這裡，臉上突然露出異樣的神色，直跳起來，把奧丹絲一驚。

他還自語說：「不要錯過了時機！」

奧丹絲正要問他，賴寧卻三腳兩步趕下扶梯，跑到那小木屋前。那時幾個賭客正想開門進去。

賴寧排眾上前，說：「不要慌，得留心這事！」

他們忙問賴寧：「什麼事呀？」

賴寧並不回答，抬頭看大門上的窗子，發現窗格已有一點破壞，便挺身攀住屋頂，就著窗格，向木屋裡望去。

他立刻回頭向那四個賭客說：「鄧富先生沒有回答，我早已料到，絕不是睡熟，他現在在裡面，不是受傷便已死了。」

四個賭客忙問：「什麼，他在我們身邊走過，到木屋中去，還沒有多久，怎會死了？」

賴寧不作一聲，從身邊掏出小刀，撬開大門上的鎖，幾個人一擁而入。

大家一見這情景，不覺失聲驚呼，原來鄧富趴在地上，雙手握著他的外衣和報紙，背上染滿了鮮血，衣上全是血跡。

有一個賭客說：「哎呀！他怎會自殺的！」

賴寧說：「不對！屋裡既沒有刀子，傷口又在背部，是他自己伸手搆不到的地方，怎麼可能是自殺？」

另一個賭客說：「也許是被人謀殺的，然而如果有人走進這小木屋，我們全都會看見，這裡可沒有第二個人來過啊！」

這事情驚動了海灘邊的許多人，大家跑來看熱鬧，賴寧攔住他們，只放了一個醫師進去。那醫師檢視一下，見鄧富已經氣絕，致命的是背部的刀傷。

接著，有幾個鄉下人陪著鄉長和警察到來。

驗看過後，把鄧富的屍體移開。有幾個熱心的人去找鄧太太報告這壞消息，正好鄧太太又在陽臺上出現了。

鄧富的慘死，誰都覺得神秘極了。他明明是鎖上了門，坐在屋裡，然而只有幾分鐘的時間，又在眾目睽睽的情形下，並不見有第二個人出入這木屋，他卻輕易地被謀害了。

他的致命傷明明是背上的刀傷，然而行凶的刀卻不知去向，這事情不是極端的奇怪嗎？

那時好幾個人都趕去瞧鄧太太，奧丹絲卻癡然木立，像是失神的樣子。

賴寧想跟奧丹絲前去，她卻抖著聲音說：「鄧富先生死得多慘，這事是多麼的恐怖呀！賴寧，我們發現了他們的陰謀，仍舊無法救得鄧富的生命，我的心裡是多麼的難過呢！……」

賴寧讓她定了定神，便說：「依你看來，鄧富的被害跟他們兄妹倆的陰謀，是有著連帶關係嗎？」

奧丹絲說：「這是無庸懷疑的。」

賴寧說：「他們兄妹倆的陰謀，有兩點值得注意，一是丈夫不滿意他的妻子，一是妻子不滿意她的夫。如今鄧富遇害，你以為鄧太太……」

奧丹絲忙說：「不！不！鄧太太並沒有走近小木屋，況且像她那樣豔若桃李，怎會下手做這樣的事呢？我以為一定有著別的……」

賴寧插口問：「別的什麼呢？」

奧丹絲說：「我說不出來，但是你那次車中聽到兄妹倆的密語，也許有什麼誤會。你看鄧富的遇害和約定的時間地點，完全不符合。」

賴寧說：「也許這兩件事並沒有連帶關係呢！」

奧丹絲說：「有無關係，現在不得而知，但是我看這件慘劇，充滿著神秘的意味。」

賴寧說：「這件慘劇看似神秘，其實卻很簡單，好像影戲中的一幕，在你的眼前演過，你偏當真，當是數百里外發生的事情。」

奧丹絲奇怪地說：「聽你這樣說來，你難道已經得到什麼線索了嗎？」

賴寧看了看他的手表，說：「這是一件恐怖的謀殺，包藏著種種陰謀，那是顯然的，但是仔細的分析，我還無從著手。此刻已經正午十二點鐘，那一對兄妹不見有人去和他們會面，大概會找到這裡來，我們憑著這一點，也許可以探明兩案中間的關係。」

賴寧和奧丹絲邊說邊行，已經到烏維安旅館前面的空地上，望見海濱處，有幾個漁夫正把船泊到海灘邊，拋下了錨。

鄉長從人群中出來，他已經打過電話，到哈佛檢察廳，據說總檢事和一個檢察官準時於下午來這裡勘查。

賴寧得到這消息，便對奧丹絲說：「在兩三個小時之內，這件案子還不受法律的制裁，我們現在且安心用餐吧！等一會兒正需要我們的活動呢！」

賴寧雖然說得輕鬆，但是他們用餐仍舊十分匆促；奧丹絲卻非常興奮，不停提出案中的疑點來與賴寧討論。

賴寧坐在餐廳裡，兩眼儘自注視窗外，對於奧丹絲的話，心不在焉地回答著。

奧丹絲問：「你可是在等什麼人嗎？」

賴寧說：「是呀，我在等那兄妹倆。」

奧丹絲問：「你以為他們敢……」

賴寧忙說：「你看，他們已經來了。」

他很快的站起身，走到外面去。

正有一對男女並肩走來，看他們走路的樣子，好像對這地方不太熟悉。那男人矮小瘦削，在帽沿下露出淡黃的臉色；那女人身材矮胖，披著一件很大的風衣。

他們一眼望過來，看見這一帶聚集了許多人，不知道發生了什麼事，兩人露出不安的神色，雖想過來打聽，腳步卻又遲疑著。

那女人先向近旁的船夫詢問，船夫簡單地向她說了幾句，大約是說鄧富遇害的事。

她聽到後，立即驚聲尖叫起來，想立刻趕過去。

兩人來到烏維安旅館前，男人對守門的警察說：「我名叫斐特立・亞司旦，這是我的名片，我跟鄧富先生是好友。這是我的妹妹伊曼・亞司旦，她跟鄧太太也是閨中密友。這次原是他們約我們到來，鄧太太正在等著呢！」

警察讓他們進去，賴寧和奧丹絲裝作同來的人，隨著他們，也混到了二樓上，二樓有四間臥房，和一間起居室，是鄧富夫婦租下的。

鄧富的屍體正放在其中一間臥室裡，伊曼一直跑進去，跪在橫著屍體的床邊。

起居室中，坐著鄧太太，正哭得很悲慘。旁邊還悄悄地站著幾個人。

斐特立在她身旁坐下，握著她的手，顫聲說：「我那可憐的朋友！我那可憐的朋友！」

賴寧和奧丹絲站得遠遠地看著，奧丹絲低聲對賴寧說：「若說這位嬌豔似花的太太是謀殺丈夫的凶犯，叫誰會相信這件事！」

賴寧說：「我們現在可以看到，鄧太太是和那自稱斐特立的男子認識的；我們更知道他們兄妹倆還認識一個第三者，這人和他們兄妹倆是同黨，所以會有……」

奧丹絲像是自言自語地說：「絕不會的！絕不會的！」

這時她看見斐特立已經站起身，她便走到鄧太太的跟前，對著哭泣的鄧太太安慰了幾句。

賴寧仍舊很冷靜的站著，一對敏銳的眼光，緊緊地跟著斐特立的行動移轉。

斐特立做出大方的樣子，看著那幾間臥房和起居室，又跟屋裡幾個人閒談幾句，說的不外是鄧富遇害的事。

這期間，他的妹妹伊曼，曾經有兩次走過來向他說幾句話。接著，斐特立又回到鄧太太身邊，向她勸慰著。

最後兄妹倆又密談了好久，好像在商討什麼事情，有了適當的解決，於是斐特立匆匆走出去了。

這時總檢事和檢察官已經坐了汽車來到，預備先去查勘鄧富遇害的小木屋，然後來看鄧太太，並請案中證人都到海邊去。

伊曼俯身跪在屍身旁邊，像在那裡禱告，好久才站起身來。

賴寧原沒有出去，立刻過來對她說：「夫人，我想和你談一下。」

伊曼詫異地說：「先生，有什麼話，不妨就在這裡說吧。」

賴寧說：「在這裡說話不大妥當。」

伊曼問：「那麼到什麼地方去說呢，先生？」

賴寧說：「到隔壁起居室吧！」

伊曼憤然說：「我不願意！」

賴寧說：「為什麼呢？鄧太太究竟跟你是朋友，你和她見面也並沒有什麼不便。」

他便半拉半勸的，把伊曼推到起居室，隨手帶上了門。

鄧太太一抬頭，看見進來的是伊曼，想起身避到臥室中去，也被賴寧拉住。

賴寧對她說：「鄧太太，這幾分鐘的時間非常寶貴，你怎麼一見伊曼女士來到，就想避開呢？」

伊曼和鄧太太不說一句話，冷眼相對，好像有著深似海的怨恨。

奧丹絲在旁看著，覺得有點奇怪，她叫鄧太太回座。

賴寧站在她們的中間，說：「我因為偶然的機緣，這慘劇的真相被我知道了一部分；還有一部分不曾知道的，希望你們肯詳細見告，我才可以幫助你們。你們對這件慘案都應該負責，可惜你們為了相互間的怨恨無法自拔，陷於危險的處境，我卻是旁觀者清。要知道只再半小時的工夫，檢察官就要來了，你們不趁現在明白告訴我，雙方成立和解，什麼都來不及了。」

兩個婦人聽了這話，露出震動的神情，卻又顯出輕蔑的樣子。

賴寧說：「不管雙方願意與否，你們非和解不可；這不只是為了你們自身，而且還關係者旁人的幸福。——鄧太太，你還有兩個年幼的女兒，我偶然和她們認識，不覺由愛生憐，想保護她們。鄧太太，你該三思，如果有什麼閃失，不就貽害了她們的終身?!」

鄧太太聽了這樣的話，想到兩個愛女，又啜泣起來。

伊曼仍舊露出輕蔑的神色，一聲不響，向門口走去。賴寧迎頭攔著，大聲問著：「你到哪裡去呀？」

伊曼說：「我到檢察官那裡去。」

賴寧說：「他可不曾召喚你呀！」

伊曼說：「我像旁人一樣，應了他的召喚做證人去。」

賴寧說：「這件慘案的內幕誰都不明瞭，出事時，你並不在場，又不知道那時的經過情形，怎麼去做證人呢？」

伊曼說：「但是我知道誰是犯人。」

賴寧說：「你絕不會知道的！」

伊曼說：「殺死鄧富的凶手，就是鄧太太！」

鄧太太一聽，直跳起來，向伊曼撲去，恨聲說：「滾開，你這刁惡的淫婦，給我滾開！」

奧丹絲想來勸住鄧太太，賴寧低聲向奧丹絲說：「不必勸阻，他們愈是罵得醜惡，真相愈可明白，我正希望她們這樣。」

那時伊曼冷嘲地向鄧太太說：「好啊，你因為我要宣布你的罪狀，便罵我是淫婦嗎？」

鄧太太怒聲罵著：「你是一個千刁的淫婦！伊曼，你是一個萬惡的淫婦！你這賤貨！」

她罵得聲嘶力竭好像怒氣也消減了一點，不再撲上去了。

伊曼聽了這樣的辱罵，瞬間變臉，一下老了二十歲一般，她緊握雙拳，咆哮地向鄧太太反擊：「你敢悔辱我嗎？被你親手殺死的丈夫，正躺在那邊床上，你還敢抬眼瞧人！你才是惡婦！你是謀殺親夫的惡婦！」

她直撲過去，指著鄧太太的臉叫嚣不已。

她喘了口氣，又說：「你不用在我面前狡辯，我也不讓你詭辯，我知道殺死鄧富的就是你！那把行凶的刀還在你的手提袋裡。方才我哥哥跟你說話時，把手伸到你的手提袋裡去，手指便染上血斑。我不必再提旁的證據就可以明白，殺死鄧富的，一定是他的妻子。我方才趕來的時候，向一個水手打聽這裡發生什麼事，那水手告訴我鄧富遇害的消息，我早猜到一定是他的那位好太太把他害死的，絕不會是別人。」

鄧太太聽伊曼數說自己的罪狀，默不作聲，她那蒼白的臉上，只有痛苦的表情。

奧丹絲在一旁暗暗擔心，她自然不相信這樣一個美麗溫柔的太太，會幹這樣可怕的事情，於是她很懇切地催促鄧太太說：「你丈夫遇害的時候，你明明是在這裡的陽臺上，你可以說出來，你手提袋裡那把染有血跡的刀是怎麼來的，你也該說個明白呀！」

伊曼聽了奧丹絲的話，冷笑著說：

「何須說個明白！這把刀就是行凶用的，正在你的手提袋中，鄧太太，你原沒有話可說了，鐵證都在。從前我常對我哥哥說：『她遲早會殺死她的丈夫。』我哥哥總待人以誠，說你絕不會這麼做的。

「今天，你果然殺害了你的丈夫，且一刀刺在你丈夫的背上，好狠！我和斐特立一到這裡，立刻搜尋證據，預備給鄧富報仇。鄧太太，你死定了，誰也不能夠救你了。在你抓住的手提袋中，正放著那把血痕斑斑的刀，等會兒檢察官來，搜查到了，這件慘案便可水落石出，你的手提袋中還有手冊呢！」

她站在那裡訴說，胸脯一高一低，可見她的情緒已經激動到極點。

賴寧伸手去取鄧太太的手提袋，她緊握著不肯放，賴寧柔聲向她說：

「鄧太太，你那朋友伊曼女士的話有理，待會兒讓檢察官搜去你的那柄刀和那本手冊後，你就會被帶走了，那時你的罪名就要成立了，你還是給我吧！」

鄧太太知道賴寧的話中含著好意，立刻把手指放鬆，賴寧取過手提袋，打了開來，拿出一把黑檀柄的小刀和一本灰皮面的手冊，很快的放在自己的衣袋裡。

伊曼眼尖，看見了，尖聲喊道：「先生，你做什麼……」

賴寧說：「這兩件東西應該放好，才不會讓檢察官拿去，檢察官是絕對不會注意到我的衣袋的。」

伊曼說：「我可以向警察們舉發，叫他們檢查你。」

賴寧帶笑說：「算了吧，你們兩下不和，還是私下言和，關警察們什麼事，何必多此一舉！」

伊曼恨得透不過氣，掙扎一下，才開口說：「先生，你是什麼人？你是這醜婦的朋友嗎？你管不了我們的事啊！」

賴寧說：「我不忍見她受你的凌辱，所以挺身出來，幫她一下忙的。」

伊曼說：「因為她犯了殺夫之罪，所以我譴責她，就是你這位先生，也不能否認她的罪狀呀！」

賴寧放低了聲音說：「鄧富被他的太太殺死，這一件事我並不否認，但我以為這事的真相，還是別牽涉到警察身上去。」

伊曼說：「先生，這件事必得報告警察，好讓法律懲治這個殺夫的婦人。」

賴寧走上一步，拍著伊曼的肩頭說：「方才你問我是什麼人，現在我倒要問你，你又是什麼人？」

伊曼說：「我是鄧富的朋友。」

賴寧接口問：「只是朋友的關係嗎？」

伊曼抽了一口冷氣，佯作鎮定說：「我是他的朋友，理應替他復仇，才能讓他瞑目。」

賴寧說：「你若要使死者安心，最好像鄧富自己一樣，並不聲張出來。」

伊曼說：「胡說！他已死了，還能聲張嗎？」

賴寧說：「你誤會我的話了。我知道鄧富被刺之後，並不即時氣絕，很有機會陳述行刺的是誰，然而他卻悄然瞑目了。」

伊曼問：「他為什麼要這樣做呢？」

賴寧說：「因為他想到了自己的兩個女兒。」

這時伊曼雖仍舊來勢洶洶的樣子，顯然已震懾於賴寧的魄力，好像支持不下去了。

鄧太太見賴寧肯助她一臂之力，感激之情油然而生，便向賴寧說：「謝謝你的好意，先生，你對於這件不幸的事，已經觀察得很透澈。我不去自首，就是為了那兩個孩子，否則我早準備追隨我夫到地下了。」

賴寧看鄧太太的樣子，知道她預備把痛苦的隱情一洩出來，便溫柔地向她說：「鄧太太，你有什麼難言之隱，不用忌諱，從實告訴我吧！」

鄧太太倒在椅中，哭得像淚人兒一般，她用低弱的聲音，抽抽噎噎地說：「伊曼做我丈夫的情婦已有四年之久，在這四年中，我受盡了折磨。她曾親口向我說，她恨我的程度，比我對我丈夫的愛還要深切。如果她和我丈夫有什麼幽會密約，還要打電話來告訴我，增加我內心的痛苦。我原想自殺，然而想到兩個幼小可憐的女兒，我卻不願意死。這婦人見我丈夫優柔寡斷，便逼迫他跟我離婚；他的哥哥，更是一個奸惡的傢伙，兄妹倆挾制著他，我丈夫一時還沒有跟我離婚的勇氣，只嫌我做了他的障礙，待我一天比一天壞，我只好終日以淚洗面。」

伊曼銳聲說：「一個婦人為了丈夫要和她離婚，便把他害死，這是什麼話！」

鄧太太搖頭說：「我並不是因為他要離婚才把他殺死，他如果要離婚，盡可把我丟開，我也有法子生活下去。但是，伊曼，你們兄妹倆覺得離婚仍舊不妥，便改變計畫，設下了陰謀，逼鄧富實行，我丈夫受了你們的挾制，竟答應你們痛下毒手。」

伊曼恨恨地說：「胡說！我們有什麼陰謀？」

鄧太太說：「你們要把我置於死地。」

伊曼說：「胡說！」

鄧太太很冷靜地說：「我丈夫把你最近給他的六封信，很大意的夾在手冊中，我昨夜全讀過了，信中顯然有殺死我的口氣，我讀信後，全身冰冷，知道鄧富會依照你們的話去做。然而那時我雖然害怕，並沒有謀害我丈夫的念頭，我怎忍輕易下這毒手！伊曼呀，我竟做下了這事，一切罪惡，全該由你來擔負！」

她說到這裡，閃著痛苦的眼光，看著賴寧，好像想從實說來，又有點害怕的模樣。

賴寧忙說：「鄧太太，你別怕，我會替你設法的。」

鄧太太好像記起了方才的慘狀，把臉埋在雙手裡，哽咽了好一會兒，才斷斷續續地說：

「伊曼，這是你的罪惡呀！我在昨夜把看過的六封信仍舊夾入手冊，放回抽屜原處，今早佯裝不知。我從那些信中，知道你們兄妹今天預備到這裡來下手，心裡很害怕，急於求自救之法。我原想先乘火車避往其他地方，一邊在手囊中帶了一柄刀子，作為自衛之用。

「但我跟丈夫到海濱散步的時候，我突然心生一念，不想逃走了，想還是死了好；死了，倒可解脫一切難堪和痛苦。然而為了孩子們，我想我的死，總要像是意外的樣子，不要把我丈夫牽涉在內；因此你們哄我在岩上散步的計畫，我十分贊成。因為從岩上跌下去斃命，是很自然的事，在別人看來，既不是被害，也不是自殺。

「我丈夫和我分手後，預備到木屋中休息，再到山獸鐵塘來和你們會合。他走到平臺下，把鑰匙掉了，我便下去，幫他找尋。在我丈夫俯身尋找的時候，他的手冊忽然從運動衫的袋中掉落在地上，另外有一張照片也掉了出來，他自己並沒有發覺。我看見那張照片，正是今年我和兩個女兒一起拍的。等我拾起來瞧時，伊曼，我看見照片中我的臉已經換上了你的臉，這是你故意揀了自己大小相同的照片，剪貼上去的。

「我那大女兒被你親熱地摟著頸項，我的小女兒坐在你的膝上。伊曼，你簡直做了我丈夫的妻子，又做了我孩子們未來的母親；這時我心中的怒火瞬間燃起，使我陷入瘋狂的狀態，立刻掏出手囊中的刀子，趁我丈夫俯倒時，用力向他的背心刺去……」

她說到這裡，心裡又痛又悔，在那裡啜泣著，沉默片刻後，她才接下去說：「我把刀子插進去後，心裡突然驚悟，一旦事發，我也難逃法網。幸而這事並沒有給誰瞧見。我丈夫也並沒立刻倒地，他不吭一聲的站了起來，掙扎著向前走去。

「我模模糊糊的回到平臺上，看見我丈夫把運動衣搭在肩上，分明是要掩住背心的傷口。他只是腳步略有參差，走過小木屋，幾個玩紙牌的賭客還跟他打著招呼。他打開小木屋的門，走了進去，又把門關上。我像做夢似的看著他，接著回到屋中，暗想方才那一刀，也許不過使他微傷，待會兒就可出來了。於是我又走到陽臺上，望著那小木屋。

「如果我知道他受了致命傷，早就趕去了。只是我當時沒想到他會死的。天呀！我敢立誓，那時我實在想不到，直至後來……」

她說到這裡，嗚咽著再也說不下去了。

賴寧便問：「直到後來人家來告訴你你丈夫的惡耗，你才知道嗎？」

鄧太太嗚咽著說：「是呀，我聽到了這惡耗，知道自己犯了殺夫之罪，恨不得立刻向大家聲言，殺死我丈夫的，就是我自己，要大家不用再去找了，我是真凶，行凶的刀也在這裡。

「但是我來不及說話，人們已把我那被犧牲的丈夫抬到這裡。我看見他的臉色，知道他死得很平靜，於是我突然明白自己的責任，我丈夫被我刺後，並不聲張，原來不是為了我，卻是為了兩個孩子，我為了這兩個孩子，也不想聲張出來了。

「可憐我們倆都犯了殺人罪，都受人暗算，而他不幸作了犧牲，但真正的罪人並不是我們。我夫在被刺的痛苦中明白了這一點，於是他裝作沒事，掙扎著向小木屋走去，到了裡面，閉門忍痛死去。他臨死的行為已洗滌了他過去的過失，也顯然原諒了我的罪惡。他在臨死前不聲張我的罪狀，意思原是要我好好保護那對兒女！伊曼，他還要我抵制你呢！」

她說到這裡，聲音變得堅決了，咬牙切齒。

伊曼心若蛇蠍，聽了鄧太太宛轉淒楚的陳述，不但一點不受感動，更毫無悔過之意。

她的臉色鐵青，慢慢地抬起頭來，向鄧太太瞧了一眼，又在鏡前略整衣衫，撲了些粉在臉上，便向門口走出。

鄧太太縱身上前，攔住她說：「你要到什麼地方去？」

伊曼說：「我到什麼地方去，有我的自由。」

鄧太太問：「你想去看那檢察官嗎？」

伊曼說：「也許是的。」

鄧太太堅決地說：「我不允許你走出這扇門。」

伊曼冷冷地說：「也好，我就坐在這裡，等檢察官來吧！」

鄧太太問：「你有什麼話向檢查官說呢？」

伊曼說：「你方才把親手殺夫的情形都向我招供了，我自然把這番話原封不動的說給檢察官聽。」

鄧太太握住伊曼的肩膀，說：「好的，等你向檢察官說過話，我也有話向他說，這便是關於你們兄妹的陰謀。我固然身敗名裂，你也跟我一樣！」

伊曼說：「你可說不動我。」

鄧太太說：「你寫給我丈夫的六封信，便是你罪狀的鐵證。」

伊曼問：「什麼信？」

鄧太太說：「就是你們逼我丈夫謀害我的信。」

伊曼厲聲說：「胡說，我和你丈夫並沒有謀害你的計畫，你完全胡說！」

鄧太太說：「你那幾封信，足以使你陷入法網了。」

伊曼說：「胡說！那只是朋友間的通訊。」

鄧太太說：「不對，是情婦給她情夫的信。」

伊曼反問：「那些信呢？」

鄧太太說：「就在那邊手冊中。」

伊曼說：「不對，並不在那裡。」

鄧太太忙問：「你說什麼？」

伊曼說：「那幾封信原是屬於我的，我哥哥已經替我拿回來了。」

鄧太太抓著她，失聲喊著：「什麼，你偷了這幾封信？快還給我呀！」

伊曼說：「我哥哥帶在身邊，他早已走遠了。」

鄧太太受了這不經意的打擊，臉色突如死灰，身子搖搖欲墜，手伸向賴寧，賴寧忙說：「她說的確是實話。方才我曾窺見他哥哥摸你的手提袋，取出那本手冊，過去跟她偷看著，臨了他又回到你身邊，把手冊物歸原處，帶著那幾封信離開了這裡。」

賴寧頓了一下，又說：「我知道他帶走的只有五封信，當時鄧富在平臺下面，那本小冊掉落出來時，那照片和第六封信也掉了出來。那時鄧富趁手拾起，放在運動衣的袋中，現在床頭正掛著他的運動衣，那第六封信也被我搜到了，揣在懷裡。這信末尾的簽名，正是伊曼，她引誘情夫謀害他的太太的陰謀，早已在信上招供了。」

伊曼聽了這話，知道自己處於失敗地位，全身顫抖，無法出聲。

賴寧很有威嚴地向她說：「伊曼女士，這件慘案，確實是你該負責。我知道你因為手頭拮据，逼鄧富娶你，便把他迷住了。你一定要嫁給他，不管什麼障礙，這樣你才可以侵占他的財產。你那謀產的貪念，我也有憑據，到必要時可以拿出來給你看。我還看見我在運動衣袋中摸到那第六封信後，你也向那袋中摸索。袋裡還有一張支票，開明十萬法郎，是鄧富計畫付給你哥哥的，這是一筆很可觀的聘金。

「你取了那支票，交給你哥哥，叫他雇了汽車，趕到哈佛的銀行去取款。然而我告訴你，我已用電話通知該銀行，說鄧富遇害，他名下的款項暫停支付，這筆錢是支付不了了。

「老實說吧，如果你決意跟鄧太太作對，我也有許多證據可交與警察，使你們入獄。我附帶聲明，我在白來司聽和巴黎火車上，聽到你們兄妹的陰謀；我原本還希望你們悔過，不致於弄到這地步，對你們自己也沒有好處，然而事已如此，你們究竟如何打算？」

伊曼原是一個狠心的婦人，她本不願意輕饒鄧太太，但現在形勢逆轉，連她自己的命運也掌握在賴寧手中，只好屈服了。

她方才憤怒的神情完全消失，只冷冷地向賴寧鞠躬說：「好的，先生，我們就和解吧，你的條件是什麼？」

賴寧說：「我希望你趕快離開這裡；如果檢察官問你時，你只推說不知道即可。」

伊曼慢慢地走到門口，忽又站定，回頭問：「那張支票怎樣呢？」

賴寧看著鄧太太，讓她回答。

鄧太太便說：「我不要這筆錢了，讓他們去銀行領取吧！」

等伊曼走後，賴寧便把應對檢察官的話，教給鄧太太記住，又教她鎮靜應付，別露出不安的樣子。接著，他和奧丹絲向鄧太太告別，走了出來，望見檢察官和總檢事正忙著在海濱查案盤問。

奧丹絲低聲向賴寧說：「你的袋裡放著行凶的刀子和鄧富的手冊，我覺得有點……」

賴寧笑著說：「你可是覺得危險嗎？我卻以為很有趣呢！」

奧丹絲問：「你害怕嗎？」

賴寧反問：「有什麼好害怕呢？」

奧丹絲說：「怕他們疑心到你。」

賴寧說：「這一點倒不必擔憂。最好我們還是悄悄地離開海濱，這件慘案讓他們在暗中摸索，它的真相絕不會揭露出來的。」

奧丹絲說：「方才我聽了你的話，知道你對這件慘案早已猜到了大概。」

賴寧說：「我每次碰到困難的問題，總是從各方面去仔細推考研究，不厭其煩，最後自然迎刃而解。試想一個人到了那間小木屋裡，關上了門，坐在裡面，半小時後，卻被發現他已經死了。他既不是自殺，在這半小時中間，又並沒有人走進這小木屋，這件慘案怎麼會發生呢？

「我略加推想，得到了重要的一點可能性，我認為那件謀殺案，絕不會是在小木屋中發生的；一定是凶手先在外面下手，使被害者受了重傷，他掙扎到小木屋裡，因為失血過多，方才死亡。有了這一點推論作為前提，我的疑心便移到鄧太太身上。

「大概那位鄧太太是被預定今晚做為陰謀的犧牲者，也許她在事前得到消息，在平臺下撿鑰匙時，一時怨憤填胸，從身邊抽出刀來，向她丈夫的背心刺去，——當時我推想的結果大致是這樣，至於其中的詳情，自然是無法知道的，慘案既經明白，一切也可以不提了。」

這時候，夜色漸漸地籠罩了大地，薄暮的煙霧蓋住蔚藍的長空，海面平靜得像一面鏡子一樣。

賴寧跟奧丹絲對著這景色，落入深切的沉默中。隔了一會，賴寧看著奧丹絲問：「你在想什麼啊？」

奧丹絲說：「我在想如果有什麼奸人設下陰謀要害我，我可不會害怕。親愛的，因為有你在我身旁，憑著你的勇氣和力量，我總能脫離危險。你有了決心，什麼困難都不能阻礙你，你的能力真是無可形容的。」

賴寧溫柔地說：「親愛的，只要有你的吩咐，我無論什麼都願意去做，我那愛慕你的心，才是無可形容呢！」

六　持斧的女人

在歐戰前，有一件神秘得不可思議的事，就是「持斧女」案。

整整一年半的時間，有五個女人接連失蹤。她們的年齡，都在二十到三十之間，住在巴黎市內或近郊；她們的身分地位，個個不同。第一個名叫拉都夫人，是醫師的太太；第二個名叫亞裳女士，是銀行家的女兒；第三個高孚綠小姐，是古皮伏城中的洗衣婦；第四個烏奴玲・范尼珊小姐，是縫紉女；末了一個是葛路林安夫人，是女畫師。

這五個女人的失蹤，簡直毫無理由，她們並不是受了引誘，離家出走，一走之後，又如石沉大海，音訊全無，不知人在哪裡。

一星期後，在巴黎西郊外，發現了失蹤女人的屍體，明顯是被斧頭劈死的，頭下有著斧傷，臉上染滿血跡，死狀慘極了。

這些屍體全身被繩子綁著，臨死的前幾天，好像挨著餓，所以瘦弱不堪。在屍體近旁的地方，隱隱有著輪子的痕跡，大概是那些女人先在別處遇害後，再移屍到巴黎西郊來的。

她們隨身的錢包、首飾，甚至於值錢的東西，完全沒有，也許被行人或盜賊取去，也未可知，因為這地方冷僻得沒有人跡。

但是這五個女人為什麼被害，死得這樣慘？為了復仇呢，還是承繼財產的問題？難道她們有連帶關係，所以才被害嗎？

接著又有一件事，震動整個巴黎社會。原來有一個掃街婦人，在行人道上撿到一本袖珍日記簿，送到警署中。

這本袖珍日記簿裡面，全是空白，只有一頁上，寫著被害人的名單，每一個姓名後面還列著三位數的號碼，像「拉都132」「范尼珊118」等。

這份名單上不止被殺害的五個女人姓氏，一共有六個，在第五個「葛路林安128」之後，還寫著「威廉蓀114」這第六個姓，分明是英國人，難道還有第六個被害者嗎？

果然，在大家的疑惑和恐懼中，又發生一件慘案：烏瑞安城中有一個女教師，名叫愛密・威廉蓀小姐，兩星期前動身返回英國，就此音訊杳然，詳加探查，也得不到蹤跡。

後來有一個郵差，在美塘森林中發現一具女屍，頭顱中央被劈開，死狀極慘，經警局探詢各方，這女屍正是威廉蓀小姐。

這時候社會大眾更加恐懼起來，知道手冊上的字正是凶手親筆寫的；據善於察看字跡的專家研究，這張名單，是一個有受過教育的婦人寫的，而且是一個愛美多情的婦人呢！

有一個新聞記者，把這六個姓氏的名單苦苦研究後，發現每個姓氏後所附的號碼，正是犯案中間相隔的日子。

那個持斧女人對於殺人的記錄倒十分準確，但是一個重要的問題來了。最後一個威廉蓀小姐是在六月二十八日失蹤，她的姓後附著「114」三個號碼，那麼一百十四日後的十月十八日，難道又將有不幸的女人要遭受犧牲嗎？

十月中旬，社會上人心惶惶，生怕有慘劇發生。

十月十八日早晨，賴寧打電話給奧丹絲，約她那天黃昏同往戲院看戲。

賴寧拿著話筒開玩笑說：「小心啊，萬一你在路上碰見那持斧女，趕快避開她，如果你落入她的掌握中，她向你揚起斧頭，你只須堅決相信我會來救你，我一定來。」

賴寧說笑完，便把電話掛斷。

到了晚上九點鐘，賴寧先到恩奈士歌劇院，坐在包廂裡等候奧丹絲。

等到九點半，奧丹絲還不來。賴寧到公用電話機邊打電話到她的住所，女僕回答說，奧丹絲中午出去，到現在還沒有回家。

賴寧一聽，連戲也不看了，趕到奧丹絲的住所詢問女僕。

這個女僕是賴寧替奧丹絲雇的，十分靠得住；據她說，奧丹絲在下午兩點鐘出去，曾說傍晚會回來更衣，卻始終不見她回來。

那晚賴寧一直等到半夜，依舊失望了。

次日奧丹絲還是沒有消息，賴寧沒想到玩笑話竟一語成讖，日期正是十月十八日，奧丹絲一定是做了持斧女人第七個犧牲者。

他便叮囑女僕，嚴守奧丹絲失蹤的消息，他知道持斧女下斧殺人，總在被害者失蹤後一星期，這天是星期六，在下星期五中午之前必須救出奧丹絲，而在下星期四晚上九點鐘前，必須得知她的下落。

賴寧寫下了這個日期，便獨坐在書房中，一連四天，什麼事都不做，他只搜集了記載前六次慘案的報紙，下苦功閱讀研究；讀完後緊閉房中窗戶，躺在沙發上窮思極想。

這樣整整四天工夫，他一無所得，繞著書房徬徨，苦悶到了極點，不斷喃喃地說：「奧丹絲一定在斧頭下閉目禱告我去救她，我卻只能在這裡跳腳，想不出什麼法子！」

第五天是星期三，下午五點左右，賴寧正察看名單上六個姓名，心中忽有所悟。

他很快的擬了幾行廣告，叫司機阿杜夫往幾家大報館刊登，接著又差阿杜夫到古皮伏一家洗衣店去，這是第三個被害者高孚綠小姐工作的地方。

隔天是星期四了，賴寧在屋裡接到幾封信和兩個電報，似乎是回答他所登的廣告。

下午三點鐘，他又接到一封信，上面有第魯加地地方郵戳，他十分注意，便取過一本人名錄，查出一行記錄下來，那是「勞提爾，退職殖民地總督，往克來屏路四十號。」

賴寧立刻出門，坐上汽車，吩咐阿杜夫開到那邊去。

勞提爾是一個和藹又誠懇的官員，他在一間精美的客室裡接見賴寧。

賴寧先報明來意，說是知道他和持斧女人殺死的那位范尼珊小姐相識，所以來訪。

勞提爾感嘆說：「是啊，她死得多可憐啊！在她生前，我時常喚她來縫衣的。」

賴寧說：「勞提爾先生，我的一個女友，也像她們一樣失蹤了。她的名字叫奧丹絲，在十月八日那天被人擄走，照過去的情形推測，再隔一兩天，謀殺的慘劇就要發生了。」

勞提爾似乎震動了一下，忙說：「這是多可怕的慘劇！我們必須阻止才是。」

賴寧說：「是呀，如果先生肯幫忙，也許我能夠阻止這一幕慘劇，至於請警察們去辦理，持斧女人心計是那樣的縝密和狡猾，一定是徒勞無功的。」

勞提爾問：「那麼你想從什麼地方著手呢？」

賴寧說：「我花了整整四天時間苦思這事，覺得這幾次慘案，絕不是一個頭腦清楚的人會做出來的，那個持斧女人一定是個瘋子。」

勞提爾不以為然地說：「虧你有這樣的想法！如果是瘋婦，早已關在瘋人院裡了。」

賴寧分析說：「也許她的行動並不完全瘋狂，也或許她在瘋病發作的時候才非常可怕，平時卻毫無危險。勞提爾先生，你看那女人，第一次用斧頭殺了人，以後總是用這柄小斧取人性命，這是瘋子固有的執著；而且尋常的凶手，前後殺幾個人總有不同之點，他的手顫動一下就會劈歪，可是持斧女人的手卻是不偏不倚，總劈在被害者頭額的中央，這種事只有瘋子才做得到。」

勞提爾點頭說：「先生，你的話很有道理，但是那個瘋女人既然是隨手殺人，為什麼定要挑上那幾個被害者呢？」

賴寧說：「這的確是個問題，也是解決本案的關鍵。我曾把被害者的名單看了二十遍，腦中才豁然醒悟，原來報紙上登載她們的事，總是用姓氏，像拉都夫人，亞裳女士，高孚綠小姐等；惟有范尼珊小姐，我們知道叫烏奴玲，威廉蒸女士名叫愛密，還有我那失蹤的女友奧丹絲，但我們不管別的，先把這烏奴玲Honorine、愛密Hermiond、奧丹絲Hortense三個名字比較一下，你仔細看這三個名字，可有什麼發現嗎？」

只見勞提爾一臉茫然，十分困惑的樣子。

賴寧提點說：「你看，這三個名字開頭的字母都是H，每一個字都是由八個字母拼成的，我曾經到高皮伏洗衣店詢問高孚綠小姐的名字，她叫伊麗Hilairie，又是H開頭八個字母拼成。這就足夠了，另外三個被害者的名字，可以不用再打聽了。

「我們可以猜測殺人者是個瘋子，她殺死這幾個人的原因，是因為她們的名字全是H開頭、八個字母拼成的。

「勞提爾先生，我再說一遍；字母總共有八個；H在字母中，排行第八；法文的八Huit，也是H開頭；殺人用的小斧Hatchet，也是H開頭，這樣看來，說那個持斧女人不是瘋子，誰會相信呢？」

這時勞提爾不知怎的，臉色蒼白，額上冷汗直流，頗有異狀。

他見賴寧注意到他的失態，解釋說：「那幾個被害的婦人中，有一個是我熟識的，現在你提起了，讓我覺得有點……」

賴寧忙從桌上取了水瓶，倒了杯水，給勞提爾喝。

勞提爾一飲而盡，便鎮定許多，說：「就算你的推測成立，然而這有什麼用處？你又打算怎樣著手進行呢？」

賴寧說：「今晨我在各大報上登載這樣的廣告：

茲有上等廚娘求職，有意雇用者請於下午五時前，投函鄂士曼路X號愛米妮Herminie接洽。

Herminie是H開頭，八個字母拼成的。我知道那瘋婦會讀報紙，便找到這樣的名字，把這名字用大字印出，讓她注意到，投到這個誘人的廣告裡來。」

勞提爾很注意的問：「可有人回覆你嗎？」

賴寧說：「寄信來願意雇用這個廚娘的有好幾處，其中有一封快信最值得注意。」

勞提爾問：「這快信是誰寄的？」

「你不妨一讀。」賴寧說著，取出那封信交給勞提爾。

勞提爾一看信尾，不覺失笑說：「寄這封信的不是別人，正是我的妻子呀！」

賴寧說：「看你的樣子，好像怕我發現什麼事。」

勞提爾說：「不！但我妻……」

他突然轉過話頭，向賴寧說：「你跟我來吧！」

賴寧跟著勞提爾，穿過迴廊，到一間小小的起居室裡，看見裡面有一個美麗又溫柔的婦人，坐在三個孩子的中間，教他們讀書。

她一見有客，便站起身來。

勞提爾做過介紹，便問她：「蘇珊，這封信可是你寫的嗎？」

勞提爾夫人說：「可是寄給那鄂士曼・愛米妮小姐的？家裡的廚娘快要走了，我急於找人接替，所以寄了這封信。」

賴寧說：「夫人，恕我冒昧，我要問這個姓名地址，你是從什麼地方得到的？」

勞夫人紅暈雙頰，沒有回答。

勞提爾催促她，叫她快說。

夫人便說：「是有人打電話告訴我的。」

勞提爾又問：「哪一個人打電話給你的呢？」

夫人遲疑地說：「就是你的老褓姆斐立欣。」

勞提爾便不再說下去，偕著賴寧回到客室中，對賴寧說：「先生，這封快信的疑團可解決了嗎？斐立欣是我的老褓姆，是靠我給她的養老金度日，她住在巴黎近郊，大概是看了報上的廣告，打電話告訴我太太的。」接著笑著說：「你不會把我太太當作是持斧女吧？」

賴寧忙說：「不！不！」

勞提爾說：「那麼，我對你已經幫不上什麼忙了。」

他喝了口水，坐在椅上，雖然強作鎮靜，總掩不過臉上難受的樣子。

賴寧默然看了他片刻，坐在他的身邊，握著他的手，很誠懇地說：

「先生，你不肯老實告訴我，我的女友就將要和之前的那六個人一樣的犧牲了。」

勞提爾說：「我實在沒有什麼話能告訴你的，如果我知道其中真相，為什麼不告訴你呢？」

賴寧說：「你聽了我的話後，立即顯出恐懼和憂悶的神色，這就是你知道真相的證據。我覺得你的過往一定有著不可告人的秘密，這樣的殺人慘劇絕對跟你有關係。只是因為你在社會上有體面的地位，所以不敢洩露出來，免得丟臉。」

勞提爾聽賴寧這樣說，沒有作聲。

賴寧逼近一步，低聲說：「你不用怕會丟臉，我也不希望女友奧丹絲的名字被登到報上，我不願意張揚這件事的心情，正是跟你一樣呀！」

勞提爾還有點支吾，賴寧露出堅決的神色，嚴厲地說：「我女友的性命正在千鈞一髮之際，求你快把秘密告訴我吧！」

勞提爾至此方才下定決心，並要求賴寧絕對不可以洩露出去，這才頹喪地說：「方才你看見的勞提爾夫人，其實並不是我的元配。且說我那元配，是我在少年時代做殖民地官吏時娶的。她個性敏感，常受不住刺激，精神早就有點異常，我和她結婚後，生了一對雙胞胎，她很愛他們，然而有一天卻不幸發生意外，我們那對雙胞胎慘死在車輪下，血肉模糊的樣子呈現在她的眼前，她哀痛欲絕，承受不住打擊，從此就發瘋了，但是時好時壞。

「後來，我被調到非洲的阿爾及利亞，便把她送到巴黎，由我的老褓姆照顧她。兩年後，我又認識了一個溫柔可愛的婦人，便和她同居，就是你方才看見的，她是我子女的母親，也是我現在的妻子。」

賴寧聽到這裡，便問：「你那位發瘋的夫人叫什麼名字呢？」

勞提爾說：「愛曼絲Hermance。」

賴寧說：「Hermance，又是H開頭跟八個字母拼成的。」

勞提爾說：「現在我什麼都明白了。」

賴寧問：「可是這跟她殺人又有什麼關聯呢？」

勞提爾不堪回首地說：「自從我們的孩子在她眼前慘死之後，她感到很痛苦，只要閉上眼就會浮現這幕慘酷的景象，使她一秒鐘也不能入睡。你知道瘋子是不可以常理看待的，於是她以虐殺別人生命的方式，讓她的頭腦可以恢復平靜。

「最初是在幾年前，有一天早晨，我那老褓姆第一次瞧見愛曼絲竟睡得很熟，她的手上握緊著一頭小狗，小狗脖子已被扭斷，以後我的老褓姆還看過三次。每次她殺人後，便能獲得幾夜好眠。」

賴寧說：「你認為這是什麼緣故呢？」

勞提爾猜想說：「她殺死一條生命後，神經便得以鬆弛下來，加上疲倦已極，自然睡得很安穩了。」

賴寧不覺打了個寒噤，說：「她見這樣做很有用，便將目標從動物移到人們身上。她以為殺死一個女人，奪去被害者的睡眠，她自己便能入睡了，過去兩年中，她大概睡得很好吧？」

勞提爾囁嚅地說：「不錯，過去兩年她常能好眠。」

賴寧抓住他的肩頭，厲聲說：「她一心想求安睡，卻不管會造成怎樣的慘劇，而且手段越來越殘忍。先生，我們快去搭救奧丹絲吧！」

他們才走到門口，房裡的電話鈴聲突然響了起來。

勞提爾說：「這是從那邊打來的，每天這時候，老褓姆總在電話中把愛曼絲的消息告訴我。」

他取了話筒，賴寧便吩咐他怎樣問話，於是勞提爾在電話中問道：「斐立欣，是你嗎？她現在怎樣？」

斐立欣說：「沒什麼狀況。」

「她睡得熟嗎？」

「她很煩悶，昨夜幾乎一刻不能安眠。」

「她現在什麼地方？」

「在她的臥房裡。」

「斐立欣，你快去看守著她，寸步不要離開。」

「不行，她自己守著房門，不讓人進去。」

「你趕緊破門而入，不要遲疑，我立刻就到！」

勞提爾放下話筒，賴寧立刻拉著他，把他推到自己的車上，問：「我們要去哪裡救人？」

勞提爾說：「大佛列別墅。」

汽車發動後，賴寧對勞提爾說：「這正是她下手的好時機，如同蜘蛛捕

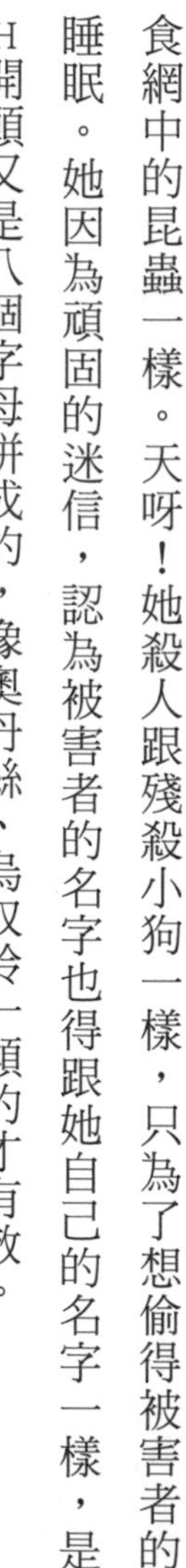

食網中的昆蟲一樣。天呀！她殺人跟殘殺小狗一樣，只為了想偷得被害者的睡眠。她因為頑固的迷信，認為被害者的名字也得跟她自己的名字一樣，是H開頭又是八個字母拼成的，像奧丹絲、烏奴玲一類的才有效。

「她煞費苦心搜尋，凡是找到有這樣名字的女人，便把她劫走，看押她，等到一定的日期，再用斧頭劈開那些可憐女人的腦袋，以為這樣就可以吸收睡意，自己便能熟睡了。勞提爾先生，對這樣可怕的瘋子，你早該嚴加看守，才不致有負自身的責任呀！」

勞提爾聽了這話，臉色蒼白，渾身發抖，悔恨交加，無言辯解，只說：「她在瘋人院中的樣子非常安靜乖巧，我被她給騙了！」

賴寧問：「那她是怎樣棄屍的呢……」

勞提爾說：「瘋人院是由好幾間小房子組成，彼此隔離的，小房子的第一間，是斐立欣的臥房，隔壁是愛曼絲的臥房和另兩個空房，其中一間的窗口對著田野，我想她捉到那些被害的婦人，就是把她們關在這裡。」

賴寧又問：「載屍的車又從哪裡來的呢？」

勞提爾說：「小舍附近就是馬場，那裡還放著馬車。也許夜深人靜時，愛曼絲偷偷起身，配好馬車，把屍體從窗口吊下來裝運出去，而斐立欣年邁龍鍾，耳朵也聾了，絕聽不見什麼的。」

賴寧說：「然而斐立欣在白天中，看見主人做那種事，竟毫不覺察，也許她也是同謀呢！」

勞提爾自信地說：「不會的，她像我一樣，被愛曼絲的安靜和溫馴給騙過了。」

賴寧說：「今天看見廣告，打電話給你現在那位夫人的，不是斐立欣嗎？」

勞提爾說：「是呀，愛曼絲每天看報，一定是她發現這廣告，又從斐立欣的口中知道我們要雇廚娘，便叫她打電話給我們。」

賴寧推理說：「我想也是如此，她把預定的犧牲者姓名一一記錄下來，設法把她們引來。這次她如果殺死奧丹絲後熟睡幾天，等效力過去後，再取第八個人的生命，但是那些不幸的女人是怎樣被她引誘去的，奧丹絲又怎麼會掉入圈套中的呢？」

賴寧心裡一急，只恨汽車開得太慢，一邊逼著司機說：「阿杜夫，再快些呀！萬一誤了時刻，奧丹絲的性命就難保了！」

賴寧焦急萬分，他害怕瘋婦的心態既已失常，難保不弄錯日期，早一天下手，這樣奧丹絲就危險了。

他愈想愈急，不斷地催著阿杜夫：「開快點呀！阿杜夫，如果你不行，讓我駕駛吧！」

阿杜夫聽了立即加足馬力，風馳電掣，轉眼間便到了大佛列別墅，將車子停在路邊，此時天色已經昏暗了。

勞提爾指著小房子說：「你看這屋子位置孤立，也許她是從下面那些窗子裡溜出來的。」

賴寧說：「那些窗子看起來像是鎖著的。」

勞提爾說：「是啊，所以人家不會疑心她，而她總有什麼方法溜出來。」

賴寧走到窗前，仔細察看，果然發現一扇窗上的鐵鏈已被拆去。

他把臉貼在窗上看屋裡的情形。屋裡十分暗，他只模糊地看見床上躺著一個女人，另外有一個女人坐在床邊，雙手扶著頭，呆望著她。

勞提爾湊著賴寧的耳朵，低聲說：「坐著的那個女人就是愛曼絲，那個躺著，全身被綑綁的呢？」

賴寧默不作聲，從懷中拿出一支鑽石針，輕輕劃破了玻璃窗，把右手探進窗裡，拔去插銷，一邊左手拿著手槍對準那瘋婦。

勞提爾問：「你真的要開槍？」

賴寧說：「看情形再說，到萬不得已的時候，也只好開槍了。」

他一邊說著，輕輕推開窗子，誰知窗口正放著一把椅子，砰的一聲，被帶翻在地上。

瘋婦一驚，回過頭來，賴寧急忙縱身入室，拋開手槍，去捉那瘋婦，瘋婦嘶聲喊叫，打開房門，飛也似的跑了出去。

勞提爾還想追趕，賴寧阻止他說：「且慢，我們還是救人要緊。」

這時賴寧知道奧丹絲並未遇害，心裡寬慰了不少。

他在黑暗中走到床前，給奧丹絲解去身上綁著的繩子，又移去她口中塞著的布條。

老裍姆斐立欣聽到屋裡的吵鬧聲，拿著燈趕來，賴寧湊著燈光看著奧丹絲。

奧丹絲已經花容失色，憔悴不堪，她一見賴寧，臉上現出慘笑，說：「我沒有什麼痛苦，我知道你一定會來找我的。我盼望你好幾天了。」說完，便昏了過去。

大家又把房子每個房間都搜尋一遍，那瘋婦已經不知去向。

一小時後，才在頂樓發現她的屍體，原來她自縊了。

一場持斧女人的慘劇，就此寫下結局，大家看了她的屍體，都頗為悽然。

賴寧當場叮囑了斐立欣一番，便和勞提爾把奧丹絲抱到汽車中，一同回去。

片刻後，她也甦醒了。

等她休養了兩天，賴寧便問她怎樣會和瘋婦相識？失蹤的經過怎樣？

奧丹絲說：「從前我曾經告訴過你，我的丈夫因為精神病，被幽禁在大佛列別墅的瘋人院中，有時我瞞過別人，去瞧他一次，因此就和瘋婦認識了。那天她作手勢招呼我，我走過去，見她一個人在小房子裡，等我進了門，她突然向我身上撲來。我來不及呼救，口中就被她用布塞住，腳也被綁住了。我以為這個瘋婦是跟我開玩笑，那是常有的事。」

賴寧問：「難道你不感到害怕嗎？」

奧丹絲說：「她偶而也會給我一點東西吃，所以我很放心，一點也不感到害怕，而且我知道你會來找我的。」

賴寧說：「這可不是開玩笑，中間真是千鈞一髮呢！」

奧丹絲問：「什麼危險呀？」

賴寧震了震，忽然記起奧丹絲雖在危險中，自己卻完全茫然，她不知道那個瘋婦就是手刃六個婦人的持斧女人，現在事已過去，還是暫且隱瞞她算了，免得更使她受驚，不妨將來再跟她說吧。

沒有幾天，奧丹絲的丈夫在大佛列別墅中病故；他已被幽禁了好幾年，就此結束了瘋狂的生命。

奧丹絲聽從醫師的勸告，便料理行裝，到法國中部的白西克村親戚那裡去休養了。

七 雪夜私奔

十一月十四日奧丹絲・但妮由白西克村附近的拉蘭雪別墅，寄信給巴黎鄂士曼路的賴寧親王：

「我親愛的朋友，我來這裡已三星期，既不曾寫信問候你，也不曾向你道歉，也許你要怪我，但如今已明白，你從那瘋婦的手中把我救出來，實在跟從死神的掌握裡救我一樣。我歷劫歸來，又值先夫離世，終日鬱鬱不樂，想先休養一下，已沒興趣再跟你冒險，也不願再逗留巴黎。

「我的朋友，持斧女的悲劇，我怎能忘懷呢？現在我住在拉蘭雪別墅中，逐日康復，我表姊歐美玲對我愛護備至。我因為她的照顧，身體康健逾恆。昨天又有一件事發生，雖然和我們沒有關係，我知道你喜好奇事，藉此報告你，讓你一笑吧！

「昨天我表姊歐美玲伴著我到白西克村一家小店中喝茶散心。這天恰巧是市集日，農人到的很多。後來來了三個人，忽然引起大眾的注意。第一個是胖農夫，紅臉白鬍，穿著長褲子；另一個是瘦削的年輕人，穿著厚棉布衣服，兩人肩上都扛著一支槍。

「他們中間是一個很苗條的少婦，穿著棕色外衣，戴著一頂皮帽，臉容十分嬌豔。我表姊低聲向我說：『這三人是父親和兒媳。』我覺得這樣漂亮的小姐，竟做了鄉下人的妻子，十分奇怪。

「據表姊告訴我，這個老農夫名叫高納男爵，原是一家古老貴族的富裔，先前還有著爵邸。他平日生活像農人一樣；他是大酒徒，大遊獵家，又是打官司的好手，愛和人家講法律，但如今已經家道中落。

「他的兒子麥梯亞，學的也是法律，曾經到過美洲，因為經濟窘迫，仍舊回到本村。麥梯亞愛上了近村的一個小姐，名叫南脫麗，不知怎樣，竟肯嫁他為妻。

「五年來，她跟他住在附近一座叫作古井邸的屋子裡，深居簡出，好像囚犯一樣。我便問表姊，他們父子倆可同住在一起，麥梯亞為人怎樣？我表姊說：

『他們並不住在一起，那老人住在村莊盡頭處，一座孤零零的田莊中，至於他的兒子麥梯亞，蠻不講理，簡直像一頭老虎，他那位美麗的太太南脫麗，生性和他完全相反，十分正直。前幾個月，常有一個美少年在他的宅子附近出入，他是驚於她的美麗而來的，高納家把那個少年恨個透頂。這少年名叫葉龍·費乃爾，也是出身世家，生得英俊，手頭有的是錢。他曾告訴別人，說要救出南脫麗，離開這個牢籠，同往遠方。——這是老高納說出來的，是否正確卻很難說。』

「我們說到這裡，老高納坐在人群中，喝了幾杯酒。有了醉意，話便多了。他帶著輕蔑的和憤怒的態度說：

『我告訴你們，那個小白臉是癩蝦蟆想吃天鵝肉罷了。他常在我們附近窺探，想引誘那小賤人，這是白費心思。我們已經嚴嚴地看守好，他敢靠近，就請他做我們的槍靶子。喂，麥梯亞，可不是嗎？』

「他又含著笑，握著他媳婦的手，說：『就是這小賤人，也知道怎樣保護自己的。喂，南脫麗，你總不是人盡可夫的呀！』

「這時南脫麗滿臉通紅，非常難為情。麥梯亞咆哮地說：『爸，這種事怎好在大庭廣眾中胡說，你老快閉嘴吧！』

「老高納卻說：『我們高納全家的體面，應該在大庭廣眾間爭回來，那個巴黎式小白臉，我可不能讓……』

「他陡地住口，只看見一個青年挺身站在他的身前。那青年身材高大，身穿騎裝，手持獵槍，一張俊美的臉襯托著一雙英爽的眼睛。接著我表姊低聲向我說：『這人便是費乃爾。』

「費乃爾裝作不聞似的，一見南脫麗，深深地鞠了一躬。那時高納父子卸下獵槍，惡狠狠地對著他，好像要得到他才甘心。

「費乃爾卻十分鎮靜，沉默一下，便轉身向那店主人說：『不錯，我此來是瞧老華梭的，但他的店關著。我的手槍袋有點破損，要他給我縫幾針，請你替我轉交給他好嗎？』

「他便卸下手槍袋，交給店主人，又笑著說：『我得把手槍留在身邊，也許我有需要它的時候！』他說完，很安詳的走出店門，跨上馬背去了。老高納目送著他的背影咒罵著。

「親愛的朋友，這是我目睹的事，娓娓道來，在你未必感興趣，其中也沒有什麼可研究之點，你也毋庸來參與吧！但可憐的南脫麗，在中間受罪，我倒很願意幫她的忙呢！

草此祝好。×××」

賴寧把這封信看了兩遍，自言自語的說：「這是第七件事了，如果我們在期限裡完成八件冒險，她就得履行我們從前所定的條件，因此她信中的語氣，一邊不希望我去參與這件事，一邊又願意我去。」

他說到這裡，很高興的握著雙手，決意一行。

這天是星期日，賴寧乘了夜車出發，冒著風雪，在一個名叫寶璧南的鄉下小鎮客寓裡過夜，那裡離白西克村只有五里，夜深人靜，聽得那邊有三響槍聲，很清楚地在寒冷的空氣中傳來。

次晨一早，就有幾個警察來問客寓裡的人，說昨夜可曾聽見槍聲，一個侍者說：「不錯，我聽得很清楚。昨夜九點鐘起曾下雪，夜半雪已止了，十二點鐘光景，三響清澈的槍聲響徹田野。」

另外有幾個農夫也說有聽到，那警長和警察們並沒有聽到，因為警署在田野的另一面。

接著，有一個佃夫和一個婦人到客寓裡來，那佃夫向警長說：「先生，我就是麥梯亞公子家做工的，前兩天請假到外面去，今晨回到爵邸，大門緊閉，不能夠進去，我很覺奇怪。按照慣例，麥梯亞總在早晨六時親自開門，如今已經八點半了，我喊著和敲著門，裡面靜悄悄地像沒有人一樣。」

警長說：「我們不妨到大路盡頭，老高納的田莊中打聽一下！」

佃夫答應了，於是警長帶了一個警察，另外有幾個聽到槍聲的農夫和一個鎖匠跟著，走到白西克村盡頭，老高納的田莊門口。

賴寧也跟在後面。那時老高納配好馬車，正想出發，他們便說起昨夜聽得槍聲的事。

老高納失聲笑道：「槍聲三響嗎？我告訴你們，麥梯亞的火槍只有兩門呢！」

警長問：「時候已晚，麥梯亞那裡為什麼雙門緊閉呢？」

老高納說：「昨夜麥梯亞到我這裡來，喝了許多酒，扶醉回家，大概現在還睡得很熟，南脫麗也伴著他熟睡，因此沒有開門。」

他說著，爬進破舊的車廂裡，把馬抽了一鞭，回頭對大家又說：

「諸位先生，再見吧！我每星期一必得上寶璧南市場去，就是三響槍聲也不能使我改變。我的車蓋下正載著兩頭小牛，預備去跟屠夫們交易。再見吧！」

他再加上一鞭，車兒轔轔的去了。

這時警長預備到古井邸去瞧麥梯亞。賴寧上前對他說：「我是拉蘭雪別墅中歐美玲小姐的朋友，歐美玲小姐和高納夫人也很要好，我想代表她，跟你到古井邸去走一趟，要是邸中沒有什麼事，我也好去安慰歐美玲小姐。」

警長答應了，說：「如果有什麼事，好在昨夜下雪，我們看了雪地上的足跡，就能找到線索了。」

他們一路走去，發現雪地上印滿麥梯亞昨夜回去的腳印，其中一部分，夾著今晨佃夫和婦人來回的腳印，因此有點混亂。接著，他們到了古井邸門外，大門仍舊緊閉著。

同來的鎖匠撬開了門，大家向裡一望，門內積雪的路上歪歪斜斜的，正印著麥梯亞昨夜回來的腳印；有些地方斜到樹邊去，分明是喝醉了酒的緣故。

走完路徑，便是古井邸兩層的古屋。警長一跨進門，便失聲說：「這裡分明有人打過架，誰說沒有什麼事呢？」

大家走到一間大房中，見家具凌亂，瓷器和玻璃的碎片狼藉滿地，一架臺鐘倒在地板上，已經停住，長短兩針正指著十一點二十分。

有一個田莊裡的小姐，領著一行人，驚慌地趕到樓上，見臥房的門已被斧頭劈開，麥梯亞和南脫麗都不在裡面，只在床底找到那把斧頭，於是警長和賴寧重新下樓，往屋後的廚房開門出去。

外面是一片小場地，場地的盡頭有籬笆和一口井。從廚房門口到古井這一段草地上，分明有人身拖過的痕跡；井邊還有凌亂的腳印，顯然被害的人在這裡作最後的掙扎。

警長細察腳印，一個是麥梯亞的，另一個較小，越過籬笆，直到後面的果園中，在一堆腳印旁邊，他們還找到一支手槍。在檢查的時候，據一個農夫認出，這手槍正像兩天以前，費乃爾在小客店中取出來過的，再察看槍膛。裡面共有七門，已經放了三顆子彈。

警長眉頭一皺，慘劇的真相正呈現在他的眼前，他對賴寧說：「我可以確定，昨夜另有他人來過古井邸。」

賴寧說：「我們看雪地腳印，向古井邸走來的只有麥梯亞一個人呀！」

警長說：「這另一個人，在九點鐘下雪以後來到，預先埋伏在起居室的暗處等待，麥梯亞踏進了門，兩個人便扭打在一起，一直穿過廚房，打到井邊，那人把麥梯亞打倒，放了三槍。」

賴寧：「那麼麥梯亞的屍體在什麼地方？」

警長說：「一定在井中，可惜那是古井，不能夠汲乾。我們看了腳印，就知道下雪之前，有一個人到古井邸中，下雪之後，麥梯亞也回來了，兩個人經過扭打，放了手槍，有一個人離邸而去，瞧腳印這人絕不是麥梯亞。」

賴寧問：「南脫麗・高納可也已遇害，跟她的丈夫一同被拋在井底嗎？」

警長說：「不！你看外房門被斧頭劈開，她一定被人劫走了，你看場中的腳印深印在雪中，顯然那人肩頭負著沉重的東西。肩上負著的，不是南脫麗是誰！」

賴寧問：「果園裡也有出口嗎？」

警長說：「不錯，那邊有一扇小門，那人可以從麥梯亞身上取到鑰匙，開門出去，繞過田野，便是大路，行了一里，那邊正是費乃爾的別墅。」

賴寧說：「是了，我們循著腳印走去，如果真的到費乃爾的別墅前止住，那麼一切都顯然了。」

他們一路走去，果然發現雪地腳印直到費乃爾的宅前；那裡另有馬車輪子的痕跡，向對面村莊而去。

警長按了門鈴，守門人正在裡面掃雪，急忙拿著掃帚出來開門。警長問他：「費乃爾先生在家嗎？」

守門人說：「今天黎明，大家還沒有起身時，主人自己配好馬車，駕車出去了。」

警長也不說別的話，退了下來。

賴寧對他說：「我們得跟著這輪子痕跡前進嗎？」

警長說：「不必要，他們一定抄了小路，到寶璧南車站搭火車去了。因為在上午十一點鐘前，沒有列車經過，我可以打電話給總檢事，派人在車站守候。」

賴寧說：「警長先生，你辦事真能幹！」

賴寧跟警長分別後，回到鄉下小客房裡，寫了一封信給奧丹絲：

親愛的：

從你給我的信中，知道你很關切費乃爾和南脫麗的戀愛，想成全他們的好事，如今事實明確。他倆把麥梯亞拋在井裡，相偕在雪中私奔了。這事十分可疑，我為免得分心，預備細細推想，恕我不來看你了。

接著，賴寧到田野中去散了一會步，回來用完午餐，仍舊絞盡腦汁的在那裡推想。

他在臥房中走了一會兒，輕輕的叩門聲把他驚醒，他忙起身開門，低聲問：「可是你嗎？我的愛人！」

門開了，呈現在他眼前的，正是奧丹絲的倩影。

他們手握著手，快樂地不知道從何說起。

賴寧問：「我此來，你不反對嗎？」

奧丹絲溫柔地說：「我正盼望著你來啊！」

賴寧問：「現在可查明費乃爾和南脫麗的下落了嗎？」

奧丹絲說：「你難道沒聽得旁人說起嗎？他們在車站被捕，總檢事已把他們押到費乃爾的別墅中搜尋證據。——親愛的，我想他們未必有罪，可不是嗎？」

賴寧說：「但是鐵證如山，所有線索都不利於他們，我很替他們擔心，而且費乃爾說過恐嚇的話呢！」

奧丹絲說：「那麼你的看法如何？」

賴寧說：「我雖然疑心，可是沒有什麼計畫。我只希望看到費乃爾和南脫麗受審時的情景，聽他們怎樣替自己辯護，可惜他們不會允許我旁聽，而且現在也審訊完畢了呢！」

奧丹絲說：「在別墅中已經審訊完畢，聽總檢事的司機說，還得押解到古井邸中重審呢！」

賴寧說：「那麼我們趕快趕到那裡去，從旁觀看，也許可以找到什麼微細的線索，證明他們沒罪。親愛的，我們快走吧！」

他們倆從間道趕到古井邸，那時警察們已在雪中另外畫出一條道路，給人行走，不和腳印混雜在一起。

幸虧門口無人看守，奧丹絲跟著賴寧溜進屋裡，躲在起居室後一間通氣的小房中。

隔了幾分鐘，聽見屋外井邊有著人聲，人聲漸近，那些人都走進起居室裡。這些人中，有著總檢事代表，總檢事的書記，警察署的代表，和兩個偵探，警長押著一個身長玉立的青年，便是費乃爾。

接著南脫麗也進來了，總檢事代表先察看屋裡的一切，又請南脫麗坐下，一邊詢問費乃爾說：「先生，此刻是預審，往後還得正式開庭審訊。因為這件慘案，你負有極重的嫌疑，所以我們不讓你偕了高納夫人遠走。現在請你把事實的真相告訴我們吧！」

費乃爾說：「代表先生，這次我的被捕，我倒並不介意，讓我把真相完全告訴你，大家也可以知道，我實在沒有什麼責任。」

他頓了一下，用又清楚又誠懇的聲音說：

「敬愛著高納夫人，很願念她的幸福；昨天晚上，我跟她還是第一次互訴衷曲，諒來高納夫人也說過了。我因為敬愛她，知道她的生活十分痛苦，她的丈夫經常對她打罵凌辱。這樣的情形，誰都知道的，她卻忍受著一聲不響，我基於義憤，曾經三次去找老高納，請他教訓他的兒子，可是老高納痛恨南脫麗，正跟麥梯亞一樣。我無計可施，決定了最後的一個方法，於是昨夜的事發生了。

「先生，我敢在你面前立誓，我原來的目的，不過想把我所知道的麥梯亞的秘密，逼他改過自新，誰知道結果變成這樣，這也是我意料不及的。我到邸中去時，已是晚上九時，僕役都已不在，開門接我的，就是麥梯亞自己……」

總檢事代表說：「先生，你的話雖然跟高納夫人一樣，卻和真相相反。

這裡有兩個證據，證明麥梯亞在晚上十一點鐘才回到古井邸裡。第一，是老高納所說的話。第二，昨晚下雪的時間，是九時一刻到十一時，雪地中印著麥梯亞回來的腳印。」

費乃爾：「代表先生，讓我照事實說下去吧！昨晚我走到這屋中，時鐘正指著九點差十分的地方。麥梯亞疑我不懷好意，先取槍自衛。我坐下了，把手槍放在桌上，表示不是來鬧事。

「我便對他說：『先生，我有話來跟你商量，請你靜聽。我費了好幾個月的時間，來探索你家的經濟情形，發現你把所有的不動產全抵押給別人；你簽付的支票，不久都將到期，卻付不出款項。你的父親手頭也很窘迫，對你愛莫能助，我知道你離破產的時候已經不遠了。我此來的目的，是想幫助你脫離危機。』

「麥梯亞聽了我這番話，不作一聲的坐了下來，只是瞧著我，似乎他有點心動了。

「那時我往袋裡掏出一束紙幣，在他眼前一晃，說：『先生，我預備用六萬法郎購買你的古井邸，贖還抵押的事也由我負責。你是知道的，這個六萬法郎的數目，要超過你的原價兩倍。』

「麥梯亞的眼中閃著光輝，問我可有什麼條件，我說只希望他到美國去。我們整整討論了一小時，麥梯亞老是貪得無厭，我們自然並不提起南脫麗的名字，然而她此後的命運正繫於這談判上面。

「結果我答應增加款項，雙方談妥，便交換了兩張字據。第一張是他說等我付清款項，便把古井邸移交給我。第二張是我給他的字據，說等他跟南脫麗離婚，到了美國，我便支付他另一筆錢。他接過我的字據，立刻放進衣袋裡。

「這時我們之間仇怨冰釋，他還把我當作救他的恩人，又把果園小門上的鑰匙交給我，叫我抄近路回家去，不料竟發生了意外。

「我拿起外套和帽子正想出門，麥梯亞忽然瞥見他給我的字據被我放在桌上，陡地起了貪念，把那字據藏起，反正我已付過他六萬法郎，沒有了字據，他的妻子和房子都能保留了。

「他隨手拿過槍柄，對我當頭一下，又拋開槍，掐住我的咽喉。幸得我的體力超過他，我們扭打了一會兒，我把他按倒在地，又在牆角找到一條繩子，把他緊緊綁好。——代表先生，要是麥梯亞力量比我大，恐怕昨夜慘劇的被害者，就不是他而是我了。

「那時我想事已如此，他既然跟我訂好約，我逼他履行是名正言順的，我丟下麥梯亞，離開起居室，手中拿著電筒，走到樓上去。南脫麗的臥房正關著，我也無須考慮，便去找到一柄利斧，劈開房門，看見南脫麗已經暈倒在裡面的地板上。

「我把她抱起，走下樓，穿過廚房，看見外面的雪積得很厚，我知道往那裡走會留下清楚的腳印，然而我怕什麼？麥梯亞已經簽了字據，收了我六萬法郎，答應跟南脫麗離婚，等渡洋赴美，我再付他一筆款項，什麼都已談妥，自然無須反悔。

「我唯一的錯誤，就是他還不曾跟夫人離婚，我就帶了她先走，也許他會怨恨我。昨夜南脫麗到了我家中，才知道她對我早已心心相印。今早五時，我們便一同出發，不料法網卻罩到我們的頭上來了。」

費乃爾侃侃而談，毫不支吾，聽眾暗暗點頭。

總檢事代表聽他說完了，便對他說：

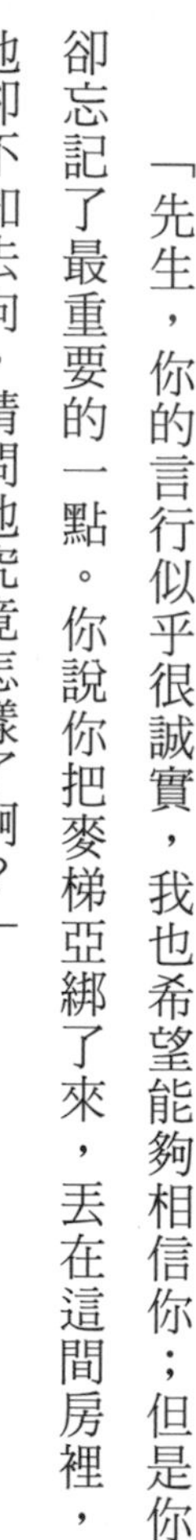

「先生，你的言行似乎很誠實，我也希望能夠相信你；但是你所說的，卻忘記了最重要的一點。你說你把麥梯亞綁了來，丟在這間房裡，然而今早他卻不知去向，請問他究竟怎樣了啊？」

費乃爾說：「顯然他履行跟我談的條件，出發到美國去了。」

總檢事代表問：「他走哪一條路去的？」

費乃爾說：「他走的那條路，就是通到老高納田莊去的。」

總檢事代表說：「我們看雪地中的腳印，只見你踏雪而去，至於麥梯亞，只有往老高納莊回家的腳印，卻沒有走出的腳印。那麼他究竟在什麼地方？或者……」他的聲音低了下來，說：「井邊好像打過架似的，有著雜亂的腳印，這是很值得疑惑的。」

費乃爾輕蔑地說：「代表先生，照你的話，我簡直是殺人的凶手，我用什麼來辯解呢？」

總檢事代表又問：「井外十五碼有著你的手槍，你那手槍中，少了三彈，昨夜恰巧有人聽到三聲槍聲。關於這些，你如何辯解呢？」

費乃爾說：「我並不曾和麥梯亞在古井邊打過架，昨夜我把他綑住，丟到屋裡，手槍也留著。如果昨夜真有人開槍，那並不是我。」

總檢事代表說：「難道這又是事情巧合嗎？」

費乃爾說：「這個問題，要檢察官去解決，我只說明真相，其餘我都不知道，也無從回答。」

總檢事代表說：「好的，我得告訴你，隨你說得怎樣漂亮，在警察們沒有探明事實之前，你得先受拘留。」

接著他回身對南脫麗說：「夫人，費乃爾先生的話，可和你所知道的完全符合嗎？他說他帶你走時，你正暈厥著，你一路上並不知道吧？」

南脫麗說：「不錯，我到了他的別墅中方才甦醒。」

總檢事代表說：「村中大家聽得的三響槍聲，你也不曾聽到嗎？」

南脫麗說：「我沒聽到。」

總檢事代表問：「井邊打架你也沒看見嗎？」

南脫麗說：「井邊根本沒有打架的事，費乃爾先生已說過了。」

總檢事代表又問：「那麼你丈夫在哪裡？」

南脫麗說：「我不知道。」

總檢事代表說：「我們希望夫人幫忙，讓我們探明這事。也許你丈夫從他父親那邊回家來，酒後步伐踉蹌，跌到了井中去，你以為怎樣？」

南脫麗說：「我親眼看見他從父親家回來，並沒有喝醉。」

總檢事代表說：「照他父親說來，他們喝了好幾瓶酒；他在雪地中的腳印歪歪斜斜，正是喝醉的鐵證。」

南脫麗說：「我丈夫到家時，只有八點半，連雪還不曾下呢！」

總檢事代表勃然大怒，拍案說：「夫人，你撒謊，那雪中的腳印絕不會騙人的……」

這時警署的汽車已經來到門口。總檢事代表便對南脫麗說：「夫人，我想請你留在邸中，靜候吩咐。」

於是他向警長招呼一下，預備把費乃爾押入汽車出發。

費乃爾和南脫麗並不說話，只含情脈脈的相視了一會兒，他們的眼光裡，含著無限的哀怨。

最後費乃爾向南脫麗鞠了一躬，跟著警長想走。

「警長先生，且慢走！費乃爾先生，請你也暫留片刻。」突然有一個聲音喊著。

大家回頭看時，從後面通氣的小室裡，跳出一個瘦削的青年來，揮著胳臂說著：「我還有幾句話想說給你們聽。你們要知道，麥梯亞昨夜真的沒有喝醉，雪地上歪斜的腳印，正是騙人的！」

總檢事代表看見這個不速之客跳出來，不覺一呆，忙問：「先生，你是什麼人？從哪裡進來的？」

那人一邊撲去身上的灰塵，一邊說：「代表先生，對不住，我叫賴寧親王，我本想跟旁人一樣，從正門進來，怎料時間不及，只好抄近路了。今早警長調查事實時，我也跟他在一起，接著我便用心找尋線索，此刻知道你們在這裡問話，我急於解決疑問，便在一旁偷聽。如今這疑案的關鍵已經被我掌握，方才我說麥梯亞不曾喝醉，便是最重要的一點。」

總檢事代表很不高興地說：「這些廢話且別談，我問你現在有什麼要求？」

賴寧說：「我請你給我幾分鐘的時間一述意見。」

總檢事代表問：「你要說什麼呢？」

「我要說明費乃爾和高納夫人無罪！」賴寧很堅決地說著。

那時奧丹絲還躲在小室中，聽了這句話，心裡很緊張，暗想賴寧一定有把握，她要求他保護可憐的南脫麗，便能夠使他倆無罪，真不愧是英雄。

費乃爾和南脫麗站定了，帶著希望和感激的眼光，看著賴寧。

總檢事代表聳聳肩膀，對賴寧說：「有罪無罪，要到正式開庭時判定，到那時再傳你到場作證吧！」

賴寧說：「現在就可以決定有罪無罪了，耽擱下去，夜長夢多，卻不符合事實。」

總檢事代表說：「我現在卻無暇及此。」

賴寧說：「只要兩三分鐘已經夠了。」

總檢事代表說：「這一件複雜神秘的案件，在兩三分鐘內解決，你可有把握嗎？」

賴寧說：「自然，我從今早苦思到現在，當然胸有成竹了。」

總檢事代表無可奈何，便帶著滑稽的口吻問：「麥梯亞在什麼地方，你可能告訴我們嗎？」

賴寧掏出時表來一看，說：「先生，此刻他已經在巴黎了。」

總檢事代表說：「在巴黎？他依舊活著嗎？」

賴寧說：「活著，而且健康如昔。」

總檢事代表說：「如能這樣，自然好極了，但是井邊腳印，附近的手槍和三響槍聲，你怎樣解釋呢？」

賴寧說：「那全是麥梯亞自己搗的鬼！」

總檢事代表說：「胡說！他為什麼要這樣呢？」

賴寧說：「他故意裝作被害的樣子，好使費乃爾戴上一個謀殺他的罪名。」

總檢事代表開玩笑的說：「還真是想入非非的話，費乃爾，你聽來以為如何？」

費乃爾說：「代表先生，賴寧親王的話正合我心，據我的猜想，等我走後，麥梯亞惱羞成怒，想對我報復。他既愛南脫麗，又恨南脫麗，更恨我關心南脫麗，便以這樣的陰謀來復仇。」

總檢事代表說：「他仇固然報了，但是他遠走後，既失了他的妻，又失了你第二筆錢，代價可也不小！」

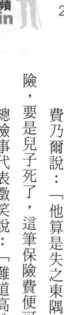

費乃爾說：「他算是失之東隅，收之桑榆，我知道高納父子倆都保著壽險，要是兒子死了，這筆保險費便可由老高納去領取。」

總檢事代表徵笑說：「難道高納父子共同作弊嗎？」

賴寧插嘴說：「高納父子同謀，這是無庸置疑的。」

總檢事代表問：「我們可以到老高納那裡去把麥梯亞找出來嗎？」

賴寧說：「昨夜趕出去尋找，自然來得及，現在他已在寶壁南搭火車上巴黎去了。」

總檢事代表說：「這是你的推測吧？」

賴寧說：「不是推測，正是事實。」

「你沒有證據，怎能說是事實。」總檢事代表說著。

這時他已經不耐，不想再等賴寧的回答，一邊取起帽子，一邊喃喃地說：「你沒有憑證，就說得天花亂墜，又怎能駁倒實實在在的見證！雪地上的腳印很清楚，麥梯亞要是到他父親那裡去，總得離開雪地走去，他走的是哪一條路？」

賴寧說：「就是通往他父親田莊的那條路，費乃爾先生已經說過了。」

總檢事代表重申：「雪中卻沒有腳印。」

賴寧說：「雪中明明有著腳印呀！」

總檢事代表說：「那是從田莊中來的腳印，而不是去的腳印。」

賴寧說：「這不是來的腳印，正是去的腳印，一個人走路，不只一種走法，未必一定只知道向前走的。」

總檢事代表很詰異地問：「不是向前走，那又怎樣走法？」

賴寧一字一頓，很清楚地說：「代表先生，他盡可退後走呀！」

這話一說，大家都恍然大悟。

這時賴寧向著背後的窗子退去，一邊說：「我要走到窗口，面對著窗子走去，或者倒退著走過去，一樣能夠達到目的地。」

接著，他又放出很有力的聲音說：

「這是全案的關鍵，昨夜八點半，天還沒有下雪，麥梯亞從老高納處回來，隔了二十分鐘，費乃爾也來了。兩人討論事情，磋商條件，打架，足足經過了三小時光景。最後費乃爾帶了高納夫人而去，麥梯亞老羞成怒，看到地上皚皚白雪，就想到利用它使費乃爾擔受罪名，於是他裝出被殺和被拋到井底的樣子，布置完畢，立刻退走出邸。我們看了腳印，總當他是從老高納處回來，誰知正巧相反。」

總檢事代表聽著，不禁暗暗點頭，又問：「麥梯亞後來怎樣離開他父親的屋子呢？」

賴寧說：「今晨他坐了一輛破舊的馬車去的，趕車的就是他的父親。那時我跟警長曾向老高納說話，那老兒趕著車，說載著牲口上市集去，其實那時候放在車蓋下的，不是小牛，而是麥梯亞。他到了寶璧南車站乘車，此刻已到了巴黎了。」

這件疑案經過賴寧這一番解釋，撥雲見霧，一切真相全大白了。

南脫麗快樂得啜泣著，費乃爾向賴寧表示無限的感激。

沉默片刻，賴寧對總檢事代表說：「今晨我和警長的錯誤，就是只看費乃爾的腳印，沒有留意麥梯亞的腳印，差以毫厘，失之千里，如今我們不妨將門前麥梯亞的腳印作再次的查證。」

他們走到門前，檢查麥梯亞的腳印，果然不大自然，腳跟和腳尖都深陷雪中，在腳步移轉處更覺得異樣。

賴寧說：「麥梯亞對於退走的事並不熟練，所以雪中腳印歪歪斜斜的，像喝醉了酒一樣。因此老高納說他見他兒子喝醉了酒，想掩過破綻。後來我聽高納夫人說麥梯亞並不曾喝醉了回家，我才恍然大悟，推測得這件疑案的真相了。」

總檢事代表笑著說：「算了吧，我們派人去追拿那假死人要緊。」

賴寧說：「代表先生，一個人在雪地上踏出許多腳印，把手槍換了地位，向空放了三槍，又向著他父親家退後走去，這並不能算是犯罪呀！我想費乃爾先生也不想控訴他，我們又何必去追拿他呢？」

費乃爾說：「我當然不想為難他。」

賴寧說：「還有那保險費，如果老高納不去領取，詐欺罪也不能成立。我不相信那老頭兒會立刻去領取的。……看呀，那老頭兒來了，且聽他怎樣說。」

老高納一臉惱怒和憂悶的神情，氣喘呼呼地跑到房裡，大聲說：「我的兒子在哪裡，一定遭了這惡徒費乃爾的毒手！我那可憐的麥梯亞呀！」

他對著費乃爾搖搖拳頭，好像心有不甘，但是一屋子的人都十分鎮靜。

總檢事代表說：「高納先生，我先要請問你，你可是要去領取那筆壽險費嗎？」

老高納反問：「總檢事先生，你問我這句話有什麼意思呢？」

總檢事代表說：「我們知道這是你們父子倆的同謀，麥梯亞並沒有死，是你用舊馬車載著他，到寶壁南車站乘火車往巴黎去了。」

老高納憤怒地吐了口唾沫，高舉著手，像要發誓的樣子，接著，他又大笑起來，說：「這個不肖的兒子，竟敢裝死，要我代他去領壽險費送給他嗎？孩子們，你們總知道我的為人，我怎肯欺詐謀財呢。」

他一邊笑著，再也不理睬別人，自顧自的奔出去了。

一行人散後，賴寧回到老地方，想放奧丹絲出來，誰知她已不知去向。

賴寧忙到歐美玲家打聽，奧丹絲請她的表姊回答說：「她因為倦乏，已經睡去，謝絕訪客。」

賴寧暗想說：「好吧，說是無情卻有情，美滿的前途正等著我們呢！」

八　帶來好運的玉佩

十一月三十日，賴寧自巴黎寄信給與白西克村附近拉蘭西別墅的奧丹絲・但妮夫人：

「我親愛的朋友，兩星期來，不曾接到你的片紙隻字，諒我們合夥冒險的期限十二月五日以前，你絕不會再給我信了。

「我想你對於這些事已經缺乏興趣，但是我回憶這七次冒險，覺得有你在旁，心中感到無限的快慰。我十分敬愛著你，希望能使你快樂，卻又不敢使你知道，但如今你多半也知道了。

我不知道這最後一次的第八段冒險事情究竟是什麼，或者就照你所說的，記得當初你對我說：

『我託你找回一個小小的玉佩來。這玉佩質料是紅瑪瑙，細嵌著金銀線，是我母親的東西，也是我家的傳家寶。自從那天在我的首飾盒中失去後，我好像就此落入愁雲苦海裡。親愛的，你能幫我找回來嗎？』

「我問你是在什麼時候失去這玉佩的，你說：『七年前，也許是八、九年了，失去的情形，我全不知道。』

「我想你出這個難題給我，大概是考驗我的本領；我雖明知為難，也答應了你，盡力去做，總想不致叫你失望。

「我親愛的朋友，日期已經漸漸逼近了，如果我單人匹馬進行，難免失敗；我希望你給我助力，再合夥跟我冒險一次，使我達到成功的地步。你肯答應我嗎？

「我們既然已經攜手合作，應該有始有終，幹下這八件英雄兒女的故事。現在是第八件了，如果有你的協助，我們才能等到十二月五日黃昏八點時，回到原處去，寫下第八篇的成功史。

「親愛的，請你相信我的話，到了十二月五日那一天，照我下面的話去做，成功才有希望。

「你在前一天，先在園中折下三枝蘭草，編一條黑珠穿成的長項鍊，須共有大小相同的七十五顆黑珠；你穿的冬季外衣內，再穿一件藍絨衣，頭上戴一頂無邊帽，插上幾瓣紅葉；頸間圍上一條羽毛做的的蟒蛇，手上連手套和戒指都不要戴，十二月五日下午，你乘著馬車，沿著塞納河左岸，到聖・伊鐵杜孟教堂等待。

「四點鐘時，那教堂的聖水盆邊，有一個老婆子在那裡禱告，她身穿黑衣，捻著銀念珠，她看見你，會給你聖水，你就把項鍊交給她，她把黑珠數過一遍，仍舊會還給你的。

「接著，那個老婆子會領著你，向聖路易一條街上走去，領到一座屋前，便讓你自己進去。這屋的下層，住著一個中年商人，臉上好像塗滿漿糊似的。你見了他，立刻脫下身上外衣，一邊向他說：『我是來取玉佩的。』

「無論他態度如何，你得維持堅定的態度，他如果問你為什麼向他要玉佩，你可以很堅決的說：『我來拿回我自己的東西。我不認識你，我也不知道你的姓名，但是我一定要向你索回我自己的瑪瑙玉佩！』

「記著，無論他怎樣，你的態度得堅決不變，才能成功。如果你露出遲疑或不安的樣子，他不但從你的掌握中溜過，也許主客易位，你反而要受他的威脅。成功或失敗，就在這短短幾分鐘裡決定，你得小心啊！

「無論如何，親愛的，我要求你跟我合作。能夠為我所愛的人稍盡綿薄，我是多麼樂意呢！」

奧丹絲讀完這信，摺好了放在抽屜，她堅決地說：「我決意不去！」

她對於那個瑪瑙鉤的興趣已淡，目前念念不忘的，卻是這第八件冒險結束後，自己對於賴寧覺得取捨兩難。

到了十二月三日那天，她仍舊決意不照賴寧的話去做。

但是十二月四日早晨，她茫然地趕到花園裡去，截下三枝蘭草，編成一條小時候玩的鞭子。

正午時分，她又搭火車往巴黎去。顯然奧丹絲被賴寧的信勾起了好奇心，什麼黑珠項鍊，插著紅葉的無邊帽，捻著銀念珠的老婆子，簡直像神話一般，不知道賴寧在那裡故弄什麼玄虛，她還想對賴寧表示自己一一都能做到呢！

這天黃昏時分，奧丹絲到了巴黎。

五日早晨，她出去買了一條項鍊，上有大小相同的黑珠七十五顆。

她在外衣裡穿上一件藍絨衣，戴了一頂插著紅葉的無邊帽。四點鐘時，踏進了聖・伊鐵杜孟教堂。

這時她如夢初醒，心中陡然一驚，好像感到自己孤立無援，不知賴寧可在教堂裡沒有。

她抬起眼來，只看聖水盆旁，站著一個穿黑衣拿銀念珠的老婆子。她看見奧丹絲走上來，忙把墨水給她，奧丹絲也就把自己的黑珠項鍊交給她。

那老婆子仔細把黑珠數過，低聲對奧丹絲說：「正是七十五顆。請你跟我來吧！」

兩個人不再多說，走出教堂，在街燈下向前進行，到了冷清的聖路易。

老婆子走到路口一幢圍著鐵欄杆的大廈前站定，回頭對奧丹絲說：「請進去吧！」她吩咐完畢，自己孤單地走了。

奧丹絲抬頭一看，這大廈的下層，是一家生意很不錯的商店，櫥窗中陳設著古董和舊式家具，映著鮮明的燈光，招牌上有「財神」兩字，還寫著老闆的姓名，是「潘加迪」。

在那高處和二樓相並的地方，突出一根梁柱，梁柱上端有一座小龕，龕裡放著一個紅泥塑成的小財神像。

這財神像只靠一腳支撐著，腰間長著一對翅膀，手中握著一支蛇形的權杖；它安放得並不很穩，傾向前面，好像隨時會掉下來一般。

奧丹絲端詳了一會，心中說：「我且走進去吧！」

她旋動門鈕，走了進去，店中空無一人，並不見誰來接待她。

店後的一間房中，放滿著名貴的的木器珍玩。奧丹絲不管三七二十一，穿過店堂裡凌亂貨品中間的小甬道，走上二層木階，進入後面的小房，那裡還放著一個書桌，坐著一個人，在檢查帳目。

他聽得有人進來，並不回頭，只這樣說：「夫人，請先瞧瞧貨品，我在這裡伺候。」

奧丹絲一看四壁，不覺一驚，這個小房間，簡直像是巫人的法室。那裡放著乾裂的貓頭鷹，人的骷髏，化學儀器，一張張的符籙，還有象牙或珊瑚製的手，兩個手指向上，表示發出惡運。

奧丹絲正看著，那人掩著帳簿，看著奧丹絲說：「夫人，你要什麼東西？」

奧丹絲一見這人，知道就是店主潘加迪，他其貌不揚，閃著一對鼠目看著奧丹絲。

她還蒙著面紗，穿著外衣，對潘加迪說：「我要一個玉佩。」

「請到外面玻璃櫃中去看。」潘加迪說著，引導奧丹絲走到外面的店裡。

奧丹絲看著櫃中的陳設，忙說：「這些玉佩都不是我要的，我要的那個，是好幾年前從我的首飾盒中失去的，此刻我來索回。」

潘加迪忽然露出窮急的神色說：「告訴我，你的玉佩是怎樣的？別弄錯了，不可能在我這裡。」

奧丹絲說：「這玉佩是紅瑪瑙材質，細嵌著金銀線，是一八三〇年的款式。」她一邊卸下面紗，脫下外衣，露出賴寧囑她打扮的樣子。

潘加迪一見，吃驚得向後倒退，抖著聲音說：「天呀！藍絨衣……無邊帽……黑珠項鍊……蘭草小鞭！我可不是眼花嗎？」

他說著，身子搖搖擺擺的，似乎受不住激動，倒在椅中，好像暈厥過去的樣子。

奧丹絲記得賴寧信裡叮囑要她堅定，便不聞不見似的等著。

沉默了一兩分鐘後，潘加迪定了定神，用手背揩著額上的冷汗，說：「你到這裡來做什麼呀？」

奧丹絲說：「因為你藏了我的瑪瑙玉佩。」

潘加迪問：「誰告訴你的？」

奧丹絲說：「並沒有人告訴我，我自己知道的；我既然來了，一定要帶那玉佩回去。」

潘加迪又問：「你可知道我是誰？你認識我嗎？」

奧丹絲說：「我在沒有看見店門口招牌之前，並不知道你的名字，更不知道你是什麼人，只知道向你要回我失去的玉佩。」

潘加迪更顯得慌張了，在店堂中踱來踱去，奧丹絲趁他舉止失措的時候，便恐嚇他說：「我一定要拿回去，快把那藏著的玉佩還給我！」

潘加迪的樣子十分頹喪。他交叉著手，向奧丹絲說了幾句哀求的話，接著，他高聲問：「一定要嗎？」

奧丹絲仍舊說：「我一定要。」

潘加迪像是屈服了，說：「我答應你，我一定還給你。」

奧丹絲大聲道：「快說出來！」

潘加迪說：「還是讓我用筆寫吧，我的末日到了，讓我親筆把我的秘密一一招供出來。」

他便回到書桌旁，握筆展紙，匆匆寫了幾行，套入信封中封好，說：

「這是我的秘密……我的末日……」

他很快的從紙堆中掏出一支手槍，對著自己的額頭開槍。

奧丹絲一見，忙上前去，把他的手臂一彎，砰的一聲，子彈打在一面鏡子上，潘加迪呻吟著跌到地上去。

這時奧丹絲因為太激動，忘了賴寧的警告，她頗為驚慌，有些支持不住，倦乏地坐了下來。

這樣的破綻，讓潘加迪看在眼裡，他霍地從地上跳起身，含笑向奧丹絲說：「我們現在先談一會兒，別讓什麼主顧闖進來。」

他便走到店門口，拉下鐵門，回到奧丹絲旁邊，對她說：

「奧丹絲小姐，——讓我這樣稱呼你吧！——我方才見到你，以為是上帝派來的使者，幾乎被你騙過，正預備把東西還給你，誰知你缺少堅定的毅力，結果露出了馬腳。」

他說著，便在奧丹絲身邊坐下，凶惡地說：

「現在我要你告訴我，這樣的計畫，究竟是誰替你設下的？我知道這絕不是你的想法，一定聽了別人的話。我的為人向來誠實，只為了這玉佩的事不誠實了一次，到如今，這件事雙方都淡忘了，誰知舊事重提，你忽然來這一招，到底為什麼緣故，請你告訴我！」

這時候反客為主，奧丹絲已經無力支持。

潘加迪露出猙獰的臉色，威脅她說：「我要知道底細，你快告訴我！如果有人暗算我，你也得說出來，好讓我自衛，那人是因為嫉妒我財運亨通，因此想得到瑪瑙玉佩嗎？你快告訴我，究竟這人是誰？誰叫你這樣打扮到這裡來的？你不肯說嗎？我對天發誓，會讓你看看我對付你的手段！」

潘加迪疾言厲色，奧丹絲怕他拿手槍，忙抱著雙臂，向後逃避。

正在慌亂的時候，潘加迪陡地站住，眼睛望向奧丹絲的頭頂，伸手指著，厲聲問：「你是什麼人？你怎麼進來的？」

奧丹絲知道一定是賴寧前來救她了，果然，從沙發和木器堆中，賴寧溜了下來，走到店中。

潘加迪問：「你到底是什麼人？你是從什麼地方進來的？」

賴寧指著天花板，鎮定地說：「我是從二樓下來的。最近三個月，我在樓上租了一間房間，聽得下面有女人呼救聲，所以來看看。」

潘加迪問：「但是你怎樣下來的？」

賴寧說：「當然是從扶梯下來的。」

「扶梯？在哪裡？」潘加迪失聲問。

賴寧說：「你店面盡頭有個鐵扶梯，之前住在樓上的住戶常藉此上下，後來被你封了起來，我想辦法打開來，從那裡下來的。」

潘加迪說：「先生，你不通知即擅自闖入，這是什麼理由？」

賴寧說：「我之所以擅入，是來搭救一個受難的女人。」

潘加迪又問：「你叫什麼名字？」

賴寧說：「我是賴寧親王，跟這位小姐是朋友。」

他俯身在奧丹絲的纖手上吻了一下。

潘加迪恨恨地說：「原來是你設下這個陰謀。打發奧丹絲小姐來的。」

賴寧厲聲說：「潘加迪先生，你說得一點也不錯。」

潘加迪說：「你想怎樣？」

賴寧說：「我跟你見面的目的，不過是想要回那個玉佩。」

潘加迪說：「我絕不會給你的，無論你用什麼威迫利誘的手段，都不能使我交出這瑪瑙玉佩來。」

賴寧說：「我們不妨請你的太太前來談判，也許潘加迪夫人明白其中的利害。」

潘加迪也希望他的太太跟他一同對付賴寧，自然欣然應命，於是按了電鈴。

賴寧很高興，對奧丹絲說：「親愛的，你看潘加迪先生和氣得多了，不像方才那般惡狠狠的恐嚇人，我希望他很客氣的跟我們談判！」

這時，店堂盡頭處一扇小門開處，走進一個三十歲光景的婦人來。她長得還算漂亮，衣服卻十分樸素，腰間還束著圍裙。

奧丹絲一見這個婦人，不覺驚呼，原來她就是奧丹絲原來的女僕，便說：「路雪痕，原來是你！你就是潘加迪夫人嗎？」

那位潘加迪夫人也已認出對方是誰，立刻露出侷促不安的樣子。

賴寧忙說：「潘加迪夫人，我們求你解決一件極複雜的事，你正是這件事的主角。」

潘加迪夫人悄聲問她丈夫：「他所指的是什麼事？他們有什麼要求？」

潘加迪也低聲說：「就是那瑪瑙玉佩。」

潘夫人一驚，坐倒在椅中，嘆道：「我們的事已經被奧丹絲小姐尋到，天啊，現在什麼都完了。」

她望著賴寧和奧丹絲，流出眼淚來。

賴寧對她柔聲道：「潘夫人，我不妨把這件事情從頭告訴你，讓大家明白些，自然困難便容易解決了。那是在幾年前，你在鄉下替奧丹絲小姐做事，又認識了潘加迪先生，兩人訂下終身之約。你們都是科西嘉島人，相信巫術這些迷信，你聽說主人有一個傳家的瑪瑙玉佩，這是能使人走好運的東西，你一時心動，又受了潘加迪先生的唆使，便偷了那玉佩。此後你藉故辭職，隔了半年，和潘加迪先生結婚。這幾年來，你們的生意很不錯，也多了一點錢，開了這家販賣財神的商店。你們以為自己的好運全是靠這玉佩而來的，絕不肯放棄，萬一失去，便有傾家蕩產之禍，是嗎？」

他頓了一下，又說：

「兩三個月以前，你們的行蹤被我找到，我就在樓上租了房間，借用廢棄不用的扶梯，趁夜靜更深時刻，到你們店中探查。我什麼地方都查遍了，卻是白費心機，找不到那玉佩，幸而我的辛苦不是沒有報酬的。

「潘加迪先生，我在秘密抽屜裡發現你的一本小記事簿，上面有你自己親筆的供詞，還帶著不安和焦慮的話，我翻到其中有一節，覺得可以跟你開開玩笑。你在上面寫著：

『如果那玉佩被竊的女人，到我這裡來向路雪痕取玉佩時，我在園中瞧見她那樣。——她穿著藍絨衣，頭戴著搖著紅葉的無邊帽，項頸中掛著黑珠項鍊，手中拿著一支蘭草編成的小鞭，到我這裡來說，我是來索還玉佩的，那麼我便知道這是天意命她前來，只好向她俯首屈服。』

「潘加迪先生，我便請奧丹絲小姐依言打扮好，來向你索取玉佩，如果她一直堅持下去，自然勝利在望，怎奈你這頭老狐狸裝出自殺的模樣，使她態度軟化，使你明白這不是天意命她前來的，反而強硬起來。

「我見她受不住你的壓迫，只好橫身干涉。如今我勸你，好好的把玉佩交出來吧，潘加迪先生。」

潘加迪迷信心重，絕不能放棄他一生好運所有的玉佩，便很強硬地說：

「那玉佩絕不能奉還！」

賴寧便回頭問潘夫人：「潘加迪夫人，你怎樣？」

潘夫人搖頭說：「玉佩在哪裡，我全不知道。」

賴寧說：「好的，讓我們來較量一下手段吧！潘夫人，你有一個七歲的兒子，視若至寶，今天他正從姑媽家獨自回來，我已經派了兩位弟兄守在路上，預備綁架他。」

潘夫人失聲說：「哎喲！我的兒子！請……請你別這樣。我丈夫素日不肯信任別人，玉佩放在哪裡，我真的完全不知道。」

賴寧說：「那麼我還有一個辦法，就在今晚去告訴警署，拿你的小記事簿作證，請搜查這屋子。」

潘加迪默不作聲，顯然他的迷信心理勝過了心中的害怕。

但是潘夫人已經跪在賴寧腳邊，哭泣著說：

「先生，請你別這樣，如果你去報警，我就得去坐監了，那我兒子……我哀求你別這樣呀！」

奧丹絲見潘夫人哭得可憐，便把賴寧拉到一邊，低聲說：「看這女人可憐，你別這樣吧！」

賴寧也低聲說：「你放心吧，報告警署，這不過是恐嚇她的！我也不會去為難她的兒子，兩位弟兄守在路上，不過是隨口說說罷了。」

奧丹絲問：「那麼你到底想怎樣呢？」

賴寧說：「我要恐嚇他們，讓他們吐露出來。這是我最後的法子，我經常靠這個方法，往往能達到成功的地步。」

奧丹絲又問：「如果你不能夠達到目的怎樣？」

賴寧說：「他們終究會告訴我的。時間快要到了。我們也得趕快結束了啊！」

他閃閃的眼光，跟奧丹絲脈脈的秋波一接觸，奧丹絲想到過去的約定，粉頰上突然浮起兩朵紅暈。

賴寧和奧丹絲竊竊私語一會兒，接著回頭厲聲對潘加迪夫婦說：「我告訴你們，你們不是愛子被劫，便是自身入獄，好在那本小記事簿可以做鐵證，坐監是一定的，然而我不做過分的事，那玉佩原不值三毛錢，如果你肯還我，我願以二萬法郎酬謝。」

潘加迪仍舊默不作聲，潘夫人儘自低頭哭泣。

賴寧接著說：「我再加上兩倍……三倍！潘加迪，你未免太不知足了，還捨不得嗎？好的，我就許你十萬法郎！」

他伸出手來，等待潘加迪交出玉佩。

潘夫人這時已經軟化了，催促著她的丈夫說：「那玉佩到底藏在什麼地方，你快說出來呀！你再固執不說，破產、貧困、入獄即將降臨到我們的身上，還有我們的孩子！……快說了吧！」

奧丹絲卻低聲對賴寧說：「賴寧，這玉佩絕不值錢的，你允許他這筆鉅款，不是發瘋嗎？」

賴寧說：「你放心吧，他還不肯答應呢！我的目的，只想刺激他的神經，使他頭腦昏亂，失去自制力，在不知不覺中露出口風來。你試想，十萬法郎換一個玉佩，不換便得坐牢，他難道不會動心嗎？」

這時候潘加迪臉色灰白，嘴角流著口水，看他的樣子，像是貪圖那十萬法郎，又像捨不得玉佩，遲疑地不能夠決定。

他喃喃地說著：「十萬法郎……二十萬法郎……一百萬法郎……，我不要一百萬法郎，幾百萬也沒有用，總揮霍得完。一個人只有一件事最要緊，就是好運，我記得這九年以前，那好運總是追隨我，你難道要我拋棄這好運嗎？坐監，孩子被劫，這些絕不能恐嚇我，我又有什麼好害怕的！好運是我的朋友，我的僕役，它附在那塊玉佩上，雖然我不知道是怎麼一回事，也許是紅瑪瑙的關係吧？因為那寶石是有仙術的，它掌管人間的幸福。」

賴寧望著他，聽他念念有詞的說著。潘加迪忽然笑出聲來，走到賴寧眼前，很堅決地說：

「先生，你縱然許我百萬法郎的報酬，我也不願把玉佩和你交換；我那玉佩比百萬法郎貴重得多。你不是說過嗎？你花費了兩三個月的工夫，在我這裡搜查這玉佩，結果卻白費心力。我雖然沒保護它，那玉佩卻知道保護自己，它喜歡留在這裡，給我這個誠實的人好運，誰也不能把它奪去。

「我的鄰舍和同業中人，都羨慕我潘加迪的幸運。我敢站到屋頂上去，向四下的人大聲疾呼：我是天之驕子，我還把那使人間好運的財神，做我的商標，他老人家也是保護我的。

「你瞧呀，我這店中，放的全是財神像；架子上一排排的大小財神，大門上一個財神像做招牌。這些神像原是一個大雕塑師的作品，他因為破產，所以一起賠給了我。好先生，你可願收領一尊財神像嗎？它和好運有著聯繫，你不妨挑選一個，當作我潘加迪安慰你失敗的禮物，你可答應我嗎？」

他滔滔說著，搬過一條矮凳，靠牆放了，從木架上取下一個小小的財神像，放在賴寧面前，很得意的笑著兩聲。

笑過之後，又說：「好了，你收下了，我們的談判也結束了。——潘加迪夫人，你放心吧，你的孩子會安然返家，也沒有人會去坐監的。奧丹絲小姐，我們再會了！賴寧先生，再會。你以後有什麼事要跟我談天，只須輕叩

三下天花板。願你別忘記你的禮物，也希望財神給你好運，再會，我親愛的親王！再會，奧丹絲小姐！」

他說完，拉著兩個人的手臂推出扶梯旁的小門，賴寧並不抵抗，也無從抵抗，懷中抱了財神，由他擺布。這樣一來，潘加迪得勝，賴寧終於失敗了。

在二樓，賴寧所租的客室是面街的，賴寧開了門，餐桌已陳設了兩份餐具。賴寧很誠懇的對奧丹絲說：「親愛的，你肯答應我一起用晚餐嗎？這是我們最後一次的合作，請你別推託吧！」

奧丹絲見賴寧並沒有取回玉佩，未必會提什麼要求，一同用餐也沒有關係，便欣然答應。賴寧十分高興，獨自走到外面，吩咐下人預備東西。

隔了兩分鐘，他又走到屋裡。壁上的鐘才打過七點，他在桌上瓶中插好鮮花，供著潘加迪送他的財神像，對奧丹絲說：「鮮花美人，相對用餐，我是多麼的快樂！願幸運之神照應我們。」

接著笑著說：「你究竟被我吸引到巴黎來了！我給你的信多麼有趣，

蘭草鞭，藍絨衣，無邊帽，都能勾起你的好奇心，讓你情不自禁一試，另外「我又加上了什麼七十五顆黑珠項鍊呀，拿銀念珠的老婆子呀，全是我的安排，好引你上鉤。請你別生氣，我今天定要看到你，所以故作神秘，感謝你居然實踐約定來了。」

他又很高興地說明找出那玉佩的下落：

「親愛的，這件事的關鍵，在於迷信兩字。因為迷信，你的玉佩才會被竊。於是我從你從前左右的人和僕役著手。我做成一張名單，細細探查這些人中誰是最迷信的。最後探得那女僕是科西嘉島人，大家知道科西嘉島人最重迷信，我得此線索，一步步的推理，終於找到了他們。」

奧丹絲見賴寧說得高興，卻露出失望的神情，不耐地說：「算了吧，你雖然探明竊賊是誰，可不曾把那玉佩拿回來呀！」

賴寧不作一聲，拿起一瓶香檳，在兩盞玻璃杯中斟滿了，自己先乾了一杯，兩眼看著那財神像，一邊含笑說：

「潘加迪的話不錯，這財神像的確是名家的作品，雕刻得十分精美，全身線條非常勻稱，可惜卻有一個小小的弱點，親愛的，你看得出來嗎？」

奧丹絲說：「我已看出來了，這個神像正和方才門前小龕裡的那個一樣。」

賴寧說：「你不愧是慧心秀質的小姐，竟能看到別人所不能發現的細微之點！」他停頓了一下，接著說：「我第一天到此，也看到這弱點，暗想這雕塑師一定不會如此大意，做出這種奇怪的神像來。經我苦思之後，終於想出其中的原因來了。」

奧丹絲忙問：「什麼原因啊？請你快告訴我！」

賴寧說：「我想這財神像這樣前傾，為什麼沒有掉下來，一定在那神像下面有什麼東西壓著，才維持了它的平衡。這東西一定是鏡子之類。」

奧丹絲又問：「這鏡子可放在神像的底座裡嗎？」

賴寧說：「是的，方才潘加迪的一席話使我恍然大悟。我告訴你，現在桌上的財神像，已經不是潘加迪方才給我的原物了。」

奧丹絲說：「咦，這一個你從哪裡換來的？又是什麼時候去換的？」

賴寧說：「方才你在客室裡，我出去兩分鐘，就是悄悄地爬到窗外，把潘加迪給我的財神像換了招牌上面小龕中的財神來。那一個前傾的程度雖然差些，但潘加迪的俗眼絕看不出李代桃僵的事。他以為好運仍舊跟隨著他，誰知肚子裡藏著瑪瑙玉佩的財神像，已經在我的桌子上了！」

奧丹絲聽到這裡，才知道賴寧第八件冒險又是大功告成，他們最後結束的時間，也在暗暗來臨，到了這緊要關頭，她嬌羞得說不出話來。

賴寧偏對她說：「時間過得真快，八點鐘只差一刻了。」

他又用詼諧的口氣道：「潘加迪先生真是好人，竟把我所要知道的事告訴了我，他在說話時露出破綻被我抓住了，我便循線推求。據他的話，他很崇拜兩件東西，一是給人好運的瑪瑙玉佩，一是財神。他迷信心重，想得到雙份的好運，就把那玉佩藏在財神像的底座中，我再想到店門前小龕中財神像前傾的模樣，知道必是在此無疑了。」

奧丹絲托著腮坐在那裡，好像並不理會賴寧的話，她的心中在想著前後八件的冒險事，不禁對賴寧發出又敬又畏、又愛又怯的心情。

她鬆了一口氣，暗想瑪瑙玉佩已經尋回了，八點鐘也快到了，她又想起三個月前的那天，賴寧對她說：

「到了十二月五日黃昏，古鐘再敲響八下的時候，你得允許我……」

言猶在耳，此刻已經到了履約的時候。她抬眼看著賴寧，兩人正脈脈相對，奧丹絲正想說：「你果然成功了，但是最後鐘鳴八下，須得是哈林格廢堡中的古鐘，此刻它既不在這裡，恕我不能履約。……」

她這樣的話在心上還沒有出口，背後「咯喇」一聲，一架古鐘敲打了八下。她不禁失聲說：「那鐘的聲音，我分辨得出，……這明明是哈林格廢堡中的那架古鐘，……它被移到這裡來了！」

她說到這裡，陡然覺得賴寧熱烈的眼光正籠罩在她的身上。

這一互望，消融了她的抵抗力，其實她也不想抵抗了，在她心裡，早已愛上賴寧，三個月來與日俱深；如今，她的愛人竟能踐約，為她找回了瑪瑙玉佩，她是多麼的快樂。

此時鐘聲又敲第二次了。她抬起含羞的眼光，看著賴寧，心中暗暗數著。等到鐘聲敲響八下時，她像依人小鳥一般，投入賴寧的懷抱裡，緊緊地依偎著他，兩人作了一個熱烈的長吻。

請續看《新編亞森・羅蘋》之3　七心紙牌

亞森・羅蘋秘密檔案

★大事年表

一八七四年：七月十五日出生於法國巴黎。
一八七八年：父親堤歐法斯特・羅蘋去世。
一八八〇年：盜取密室中的王后項鍊，一舉成名，也讓「天才怪盜」的稱號流傳於世。
一八八七年：母親安莉葉・羅蘋去世。
一八九四年：與初戀情人克拉麗絲・德蒂格結婚。
一八九四年：赴歐洲蜜月旅行。
一八九四—一九〇〇年：發現奇巖城，揭開法國皇室的秘密檔案。
一八九五年：女兒出生，但不久即不幸夭折。
一九〇〇年：兒子出生，克拉麗絲因難產去世。

一九〇一年：女兒珍妮維耶芙出生。
一九〇九年：將奇巖城交給法國。
一九〇九年：奇巖城事件後突然人間蒸發，消失了四年。
一九一二年：解開八・一・三之謎，改寫歷史的外交未爆彈，之後以勒諾魯曼老處長的身分調查克塞巴赫案。
一九一二年：失手殺死多羅萊，跳崖意圖自殺未遂。加入外籍兵團。
一九一二—一四：功績卓著，得到軍功勳章和榮譽團勳章，七次通令嘉獎。
一九一五年：挖掘神秘金三角，意外揭露一場叛國陰謀！
一九一五—一七：橫跨半個撒哈拉大沙漠，征服有兩個法國大的王國，成為毛里塔尼亞皇帝亞森一世。
一九一七年：解開棺材島駭人的詛咒。
一九一九年：偵破「虎牙」連續殺人命案。
一九二五年：與兒子尚重逢。
一九二七年：在荷蘭旅行。七月回到維齊納，參加伊麗莎白・加維雷之死的調查。

★羅蘋私人檔案

父親……堤歐法斯特・羅蘋。是一位體操、擊劍和日本拳術高手，在亞森四歲時去世。

母親……安莉葉・羅蘋。安莉葉出身貴族，因為嫁給羅蘋的父親，與家族關係不睦。守寡後迫於家族壓力，恢復使用娘家丹得列茲的姓氏。在亞森十三歲時因病亡故。

初戀情人……克拉麗絲・德蒂格。羅蘋當時是以勞爾・當德萊齊子爵的身分與克拉麗絲交往，克拉麗絲一開始覺得勞爾是個捉摸不定的神秘人物，卻又迷倒於他的魅力與熱情之中，決定與之共結連理。

子女……第一個孩子是女兒，但沒多久即不幸夭折。
第二個孩子為兒子，取名尚（Jean），生後第三天即失蹤，被卡格利奧斯特羅伯爵夫人拐走。
多年後，他的第二個女兒珍妮維耶芙出生。

感情狀況

羅蘋是十足的情場浪子，他風流倜儻又機智幽默，很容易贏得女性芳心，因而情史豐富，戀愛次數多不勝數。在《魔女與羅蘋》與「地獄之女」約瑟芬・巴爾薩摩（Josephine Balsamo）陷入熱戀；在《奇怪的屋子》（La Demeure mysterieuse）裡，追求模特兒愛蘭特・瑪佐拉（Arlette Mazolle）；在《八大奇案》（Les huit coups de l'horloge）以賴寧親王（du prince Serge Ronine）的身分，追求奧丹絲・但妮（Hortense Daniel）；在《八・一・三之謎》與多蘿蕾絲・克塞巴赫（Dolores Kesselbach）相戀。其他族繁不及備載。

婚姻次數

共有五次。

第一次在《魔女與羅蘋》（La Comtesse de Cagliostro），與男爵之女克拉麗絲・德蒂格（Clarisse d'Etigues）相戀結婚；

第二次是在《羅蘋的冒險》（Arsene Lupin）與來自俄羅斯的侍女宋妮雅・克里諾夫（Sonia Krichnoff）結婚。

第三次，在《羅蘋的告白》（Les Confidences d'Arsene Lupin）短篇〈亞森・羅蘋的婚禮〉（Le mariage d'Arsene Lupin），預告將娶公爵之女安琪莉可・薩爾佐・范登（Angelique de Sarzeau-Vendome）。

第四次，在《奇巖城》（L'Aiguille creuse），再娶伯爵的外甥女蕾夢・聖維隆（Raymonde de Saint-Veran）為妻。

第五次，則是在《虎牙》（Les Dents du tigre）與秘書佛蘿倫絲・勒瓦瑟爾（Florence Levasseur）結婚，不過，這次他是用尚・路易・佩雷納（Don Luis Perena）的假名結的，法律上有沒有效不得而知。

特殊癖好

每次犯案後都會留下字條，上面的署名為名字縮寫「Ars・L」或「A・L」。

他精於易容術，可以隨時化裝成任何人，也有許多不同的假身分證與假護照，形象千變萬化，是個千面大盜。

他的犯案手法神乎其技，令人摸不著頭腦，更常愛跟警方開俏皮的小玩笑，據說他是《法國回聲報》(cho de France)的主要股東之一，因此常利用讀者投書至報社，對自己劫富濟貧的舉動自吹自擂，讚揚一番，讓被害者哭笑不得。

他有強烈的愛國心，在《紅心七》事件中，將奪得的潛艇設計圖獻給法國，並且捐出兩萬法朗給政府做為軍費贊助。並以軍醫的身分參加過第一次世界大戰，幫助自己祖國的軍隊。

新編亞森・羅蘋 之2 八大懸案

作者：莫理斯・盧布朗
譯者：丁朝陽
發行人：陳曉林
出版所：風雲時代出版股份有限公司
地址：10576台北市民生東路五段178號7樓之3
電話：(02) 2756-0949
傳真：(02) 2765-3799
執行主編：朱墨菲
美術設計：吳宗潔
行銷企劃：林安莉
業務總監：張瑋鳳

初版日期：2022年11月
版權授權：胡明威
ISBN：978-626-7153-39-0

風雲書網：http://www.eastbooks.com.tw
官方部落格：http://eastbooks.pixnet.net/blog
Facebook：http://www.facebook.com/h7560949
E-mail：h7560949@ms15.hinet.net
劃撥帳號：12043291
戶名：風雲時代出版股份有限公司

風雲發行所：33373桃園市龜山區公西村2鄰復興街304巷96號
電話：(03) 318-1378
傳真：(03) 318-1378
法律顧問：永然法律事務所 李永然律師
北辰著作權事務所 蕭雄淋律師

行政院新聞局局版台業字第3595號 營利事業統一編號22759935

定價：280元

國家圖書館出版品預行編目資料

八大懸案 / 莫理斯.盧布朗著. -- 臺北市：風雲時代出版股份有限公司, 2022.10
面； 公分. -- (亞森羅蘋經典全集；2)
ISBN 978-626-7153-39-0 (平裝)
876.57 111012795